# 諜教室

SPY ROOM

「百鬼」席薇亞

06

竹町

illustration
トマリ

Kadokawa Fantastic Novels

彩頁、內文插畫／トマリ
槍械設定協助／アサウラ

SPY ROOM

the room is a specialized institution of mission impossible

code name hyakki

CONTENTS


序章 追憶 012

1章 盤問 014

2章 搜索 079

3章 反擊 166

4章 「燈火」與「鳳」 209

終章 聯合任務 270

NEXT MISSION 293

後記 306

## CHARACTER PROFILE

愛娘
**Grete**

某大政治家的千金。
個性嫻靜的少女。

花園
**Lily**

偏鄉出身、
不知世事的少女。

燎火
**Klaus**

「燈火」的創立者，
也是「世界最強」的
間諜。

夢語
**Thea**

大型報社社長的
獨生女。
嬌媚的少女。

冰刃
**Monika**

藝術家之女。
高傲的少女。

百鬼
**Sibylla**

出生於幫派家庭的
長女。
性格凜然的少女。

愚人
**Erna**

前貴族。頻繁遭遇
事故的不幸少女。

忘我
**Annett**

出身不明。
喪失記憶。
純真的少女。

草原
**Sara**

小鎮餐廳的女兒。
個性軟弱。

## Team Otori

凱風
**Queneau**

鼓翼
**Culu**

飛禽
**Vindo**

羽琴
**Pharma**

翔破
**Vics**

浮雲
**Lan**

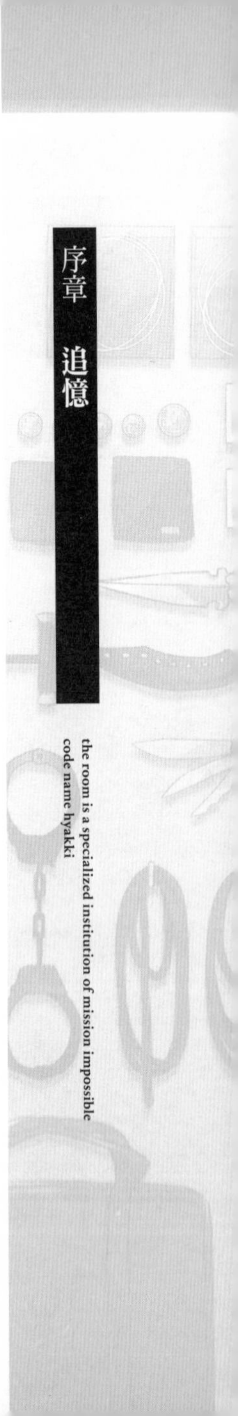

# 序章　追憶

the room is a specialized institution of mission impossible
code name hyakki

「燈火」位於迪恩共和國的根據地，陽炎宮的牆面上畫了塗鴉。

那是一幅亂七八糟的畫。

十五條線從中心向外延伸。遒勁有力的直線、優雅彎曲的弧線、描繪出螺旋的怪異線條——每條線雖不盡相同，卻都同樣展現出蓬勃的生氣。

當初究竟是誰提議要畫那種畫，如今已沒有人記得。

當時，所有人都興高采烈，還有人喝得醉醺醺的。「燈火」和「鳳」這兩支間諜團隊，合計十五人共同舉辦的派對熱鬧非凡、喧鬧不已。

許多人都無法對那個有所自覺。

總要等到已經過去了才能夠意識到。總要在心靈磨耗、飽受生活的喧囂磨練之後，才在無意間懷念起過去時終於察覺。

——啊啊，那個片刻或許就是青春吧。

「燈火」的少女們偶爾會懷念起，那個過了深夜十二點還吵吵鬧鬧的歡送會之夜，以及和菁英們一同大聲笑鬧、隨手塗鴉時的那片星空。

【芬德聯邦　2974地點無線電。代號「月見」報告。

「飛禽」溫德：死亡
「翔破」畢克斯：死亡
「浮雲」蘭：下落不明
「鼓翼」裘兒：死亡
「羽琴」法爾瑪：死亡
「凱風」庫諾：死亡

團隊「鳳」經判斷不可能繼續執行任務】

狂歡結束的一個月後，她們收到了這份報告書。

# 1章　盤問

the room is a specialized institution of mission impossible
code name hyakki

盤問室位於地下。

在芬德聯邦的首都裡，有著一棟招牌上寫著「卡夏多人偶工坊」的建築。那是一棟古色古香的兩層樓磚造房屋，「為海外的富豪生產洋娃娃」是附近居民對這間工坊的認知。假如他們二十四小時注視工坊的出入口，或許就會見到一身黑衣裝扮的異樣男女，然而根本不會有好事者會去監視平凡冷清的工坊。

工坊的真實身分，是諜報機關的據點。

芬德聯邦的諜報機關ＣＩＭ的防諜專門部隊「貝里亞斯」——

該部隊的使命，是監禁潛入國內的情報員。逮捕威脅芬德聯邦的間諜，施以殘酷無情的拷問。遭囚禁的間諜在受到長達數十小時的折磨之後，會慢慢地透露出祖國的情報。

今晚，也有一名間諜被帶進了盤問室。

那是一個宛如牢房的小房間。

房內沒有窗戶。中央有張桌子，桌子兩旁各擺了一張木椅。房間的角落有另一張桌子，上面擺了一些紙筆。空間中充滿了地下室特有的霉味。

遭到綑綁的間諜深深地坐在椅子上，低垂著頭。間諜的雙手被繞到背後，銬上大大的手銬。

「…………我餓了。」

間諜用沙啞的聲音這麼說。

隨後，叩叩叩的腳步聲響起，一個人走了進來。

「幸會，小女孩。」

那是一名高挑的女性，身上穿了一條有許多打褶的傘狀裙。她的眼睛四周掛著黑眼圈，搭配上白皙到令人毛骨悚然的皮膚，給人一種像是從恐怖小說的插畫中跑出來的感覺。

——魔女。

這樣的形容詞再貼切不過了。

「我的名字是亞梅莉。在這一帶，大家都稱呼我為『操偶師』。」

她正是「貝里亞斯」的老大。

年齡為二十七歲。儘管還稱得上是年輕人，這名女性卻已是肩負保家衛國之責的一員。

她在被捕間諜面前的椅子坐下。

「歡迎來到芬德聯邦，小女孩。」

「…………」

「以三種方式招待造訪這個國家的人，是我們的作風。為客人端上紅茶、為朋友奉上司康，然後是對敵人的額頭送上鉛彈——不曉得妳是哪一種人？」

「…………」

被囚禁的間諜保持沉默。

其外表仍殘留著稚氣，說是少女也不為過。野獸般緊實的身材、俏麗的白色短髮，以及從髮絲間隱約透出、令人感受到強大能量的凜然目光。

——「百鬼」席薇亞。

這是少女的名字。

在冷冰冰的盤問室裡，席薇亞獨自一人露出凝重的表情。

亞梅莉以淡然的口吻宣告：

「現在開始，對來自迪恩共和國的客人——進行盤問。」

◇◇◇

——世界上充滿了痛苦。

被稱為世界大戰的史上最大戰爭結束至今，已經過了十年。目睹世界大戰慘狀的政治家們捨棄軍事力量，改採利用間諜來壓制他國的政策。

「燈火」是迪恩共和國的間諜團隊。由從前在培育學校是吊車尾學生的八名少女，以及本國最強的間諜「燎火」克勞斯所組成。

席薇亞是其中一員。

——盤問開始的一小時前。

她在芬德聯邦的首都休羅的街道上奔跑。

時間是凌晨一點多。像是要呼應深沉的夜色般霧氣氤氳，只要稍微遠離路燈，能見度就只剩下三公尺左右。

她所奔跑的菲列德大道，位在流經首都的特雷寇河沿岸。這條美麗的大道上有無數餐飲店林立，還有整齊排列的紅磚建築，是著名的觀光景點。

席薇亞發出吐息聲，在路燈下奮力狂奔。

不久後，她在一間高級鐘錶店前停下腳步。

那是一家夾在餐館中間，有著大玻璃窗的商店。

這一帶被寫著「禁止進入」的封鎖線所包圍。

附近的路燈像是快要壞掉似的閃爍不停。席薇亞背對路燈的光線而立，注視著店內。

展示櫃破裂，玻璃四散在地板上。店內四處擺放的鏡子也被無情地打碎，散落一地。如果仔細觀察，就會發現牆上留有彈痕。店內所有的時鐘都被收走，商品架上空蕩蕩的。

牆壁上，被人用紅色噴漆寫了幾個字。

【吾等乃不死之國的復仇者

熱情燃燒吧　為復活迷醉吧】

席薇亞泛起微笑。像是掩藏不住內心的喜悅一般。

「這是什麼跟什麼嘛。蘭，妳這個人真的是——」

店門前閃爍的路燈。

在背後閃耀的光線瞬間消失。

然後當燈光再度亮起時，席薇亞的視野中多了一個人影。

「妳是迪恩共和國的間諜嗎？很抱歉，我要殺了妳。」

女性的說話聲傳來。

席薇亞即刻轉身，而在此同時轟然響起的是——兩道連續的槍聲。

子彈分別擦過她的左臉頰和右腿。

察覺自己遭遇敵人攻擊，她幾乎是反射性地往旁邊跳開，同時取出自動手槍。她發揮經過磨練的身體能力，試圖迅速拔槍、回擊應戰。

「【八號劇目】。」

然而在那之前，冷冰冰的女性聲音便搶先響起。

在一團霧氣之中，同時從左右兩邊出現的鐵鎚，同時擊中席薇亞的雙肩。她被往後打飛出去、倒臥在地後，額頭隨即就被某個堅硬的物體抵住。

神情陰沉宛如魔女的女性，將槍口對準了席薇亞。

「…………！」

席薇亞什麼也做不了。

不只是女性——席薇亞被包圍了。

無聲無息地出現的集團，從四面八方堵住席薇亞的退路。從左右包夾的兩名男女舉著鐵鎚，除此之外更有其他六人在周圍拿槍指著席薇亞。一抬頭，還能看見有男人持槍潛伏在鐘錶店的屋頂上。

他們每個人都散發出殺氣，做好在一秒內擊中席薇亞要害的準備。

「說得更正確一點——」

舉著手槍，站在席薇亞面前的女性瞪著她。

「——妳若膽敢違抗我們的指示，我就立刻殺了妳。」

她是亞梅莉。

亞梅莉舉著手槍，任憑大裙襬的傘狀裙搖曳。她微微將視線望向後方，一臉不耐煩地皺起眉頭。

光線在霧中閃爍著。

「一下亮、一下暗的，這個路燈真不像話。如果不能以更隆重一點的場面招待客人，可是會有辱我們的名聲。」

亞梅莉沒好氣地說完，將手槍抵住席薇亞的額頭。

「妳平常——有在接受拷問的訓練嗎？小女孩？」

席薇亞除了順從她的威脅外，沒有其他選擇。

◇◇◇

席薇亞回想起自己被捕的經過，不禁握緊拳頭。

亞梅莉進入盤問室後，席薇亞手上的手銬就被解開，然而她卻絲毫沒有解放感，室內反而還充斥著濃烈的殺氣。對方大概打算只要席薇亞稍加反抗，就毫不猶豫殺了她吧。

房間裡雖然只有亞梅莉和擔任書記的男人，席薇亞卻感應到更多的視線。

冷汗從背部滑過。

這是她第一次被他國的諜報機關監禁。

「…………我知道你們是誰。」

席薇亞開口。

「我以前在培育學校有聽說芬德聯邦裡有許多優秀的防諜部隊，也聽說過『操偶師』這個名字。據說那是舉發的專家。」

「是啊，妳知道得挺清楚嘛。」

「可是根據我所聽到的，那應該是一名三十多歲的男性。」

「我是第四代啦。在我們國家，代號是會代代相傳的。」

亞梅莉語氣平淡說完後，瞪著席薇亞。

「好了，小女孩——敢問這位客人，妳在鐘錶店做什麼？」

她似乎並不打算閒聊。

她的語調始終沒有起伏。就好像機械一樣，讓人感受不到私人情緒。

「…………找人。」

席薇亞咬住嘴唇。

「我沒有危害芬德聯邦的意思。既然迪恩共和國和芬德聯邦不是敵對關係，這不是理所當然的嗎？」

「是啊，我們同是警戒加爾迦多帝國的同盟國，彼此之間有著合作關係。」

「對吧？所以說——」

「可是啊，這位客人。」

亞梅莉一站起身，便一把揪住席薇亞的頭髮。

「間諜的世界裡沒有友好。」

她將席薇亞的臉狠狠地砸向桌子。

「——！」鼻子受到猛烈撞擊。

嘴巴裡面裂開，血味在口腔中擴散開來。

席薇亞抬頭以示抗議，卻見到亞梅莉蔑視的眼神。

——席薇亞的祖國，迪恩共和國和芬德聯邦是同盟關係。

世界大戰爆發之時，世界被一分為二。分別是以加爾迦多帝國為中心的軸心國，還有以芬德聯邦、萊拉特王國為中心的聯合國。遭到帝國侵略的迪恩共和國加入聯合國這一方，靠著間諜活動竊取軸心國的情報，為聯合國的勝利做出莫大貢獻。

自那之後，迪恩共和國便與芬德聯邦結為同盟。

不只是政治家公開簽訂的友好條約，就連在暗處蠢動的間諜們也彼此合作，共同提防加爾迦多帝國。

但是，席薇亞在培育學校裡也被教導過好多次。

間諜的世界裡只有合作，沒有友好。

情報員是以祖國的利益為出發點，而那個利益有時也會與同盟國的利益相牴觸。儘管會為了牽制加爾迦多帝國而洩漏情報，卻絕對不會將己方的內情和目標告訴對方。

即使和他國間諜一時保持合作，但雙方本質上依舊是敵人。

因此，縱使是同盟國的間諜，他們也理所當然會加以拷問。

「我先來解開一個誤會吧。」

亞梅莉放開席薇亞的頭。

「妳的國家的培育學校似乎誤會了一件事，我們擅長的並不是舉發。當然，我們對這一點確實也很自豪，不過最強的其實是在其他方面。」

「嗄？」

「——是拷問啦，這位客人。」

亞梅莉彈響手指。

身穿黑衣的女人陸續從盤問室的深處運來推車。

推車上載著形狀陌生的機器和刀刃。纏滿許多電線和拘束具的椅子，適合用來把肉削薄、像是削皮刀的刀刃，裝滿顏色詭異的液體的小瓶子——

亞梅莉像在輕撫般觸摸電椅。

「我國擁有卓越的科學技術，就連在拷問器具這方面，恐怕也是領先全世界。世上所有間諜在我們面前，都會像嬰兒一樣放聲哭喊。」

「…………！」

「妳會不知道也很正常。因為遭到拷問的人全都喪命了。」

道具被接連送進盤問室，壓迫了整個空間。

隨著拷問器具一個又一個地被送進來，席薇亞感覺室內的氧氣愈發稀薄。

她望向腳邊，看見地上有著斑斑血跡。

「我就直截了當地問了。」

亞梅莉開始盤問。

「妳為什麼要去那家鐘錶店？」

「…………找人。除此之外沒有別的理由。」

「找誰？妳為什麼要找那個人？」

「…………………！」

「妳要是不說話，就別怪我改變態度了喔？」

亞梅莉露出淺笑，將手掌朝向天花板。

似乎是她部下的女性，輕輕地將蝴蝶刀放在亞梅莉手上。亞梅莉一邊將刀刃展開，一邊要求席薇亞把手伸出來。

雖然有不祥的預感，現況卻由不得席薇亞抵抗。

席薇亞將左手放在桌上。

亞梅莉立刻抓住席薇亞的手。

「切換成拷問模式好了——我要依序切斷客人的手指。」

咚！的強勁聲音響起。

「——！」席薇亞瞠目結舌。

亞梅莉旋即朝席薇亞的指尖揮刀。以迅雷不及掩耳的速度被揮落的凶器，深深插進了桌子。

「真是抱歉——」

亞梅莉以機械化的語氣說道。

席薇亞則是完全啞口無言。

「——偏離了目標三釐米。」

小刀插入了席薇亞的小指和無名指之間。

假使席薇亞剛才稍微動一下，她的手指早就被切斷了。

「下次我會仔細地瞄準。這是我最後的讓步了喔，小女孩。」

亞梅莉面無表情地說。

「接下來要請妳伸出右手。因為只要觀察手槍的髒汙程度，就能明顯看出客人妳的慣用手是右手。」

「……………………」

汗流不止。

感覺一旦鬆懈下來，雙腿就會因為亞梅莉散發出來的殺氣而顫抖。

這並非全然陌生的世界。席薇亞在培育學校也曾經學過。

——間諜被捕後，等待在前方的是沒有一線光明的絕望。

遭到拘禁者只會在吐露情報後慘遭殺害。即使想要保持緘默，理性也會被劇痛和投藥所摧毀，不久精神崩潰，只能百依百順地洩漏情報。

儘管鮮少也有人會選擇成為雙面間諜以求生存，但最後還是會被同胞殺死。

「該死！」席薇亞低聲咒罵。

雖然早就知道這樣的知識，卻沒想到實際體驗起來差別竟如此巨大。
心臟怦咚怦咚地高聲跳動。
「…………給我水。」
「嗯？」亞梅莉蹙起眉頭。
「喉嚨太乾，很難說話。」
亞梅莉彈響手指。
裝滿冰紅茶的玻璃瓶被送了過來。亞梅莉表情木然地接過瓶子後，將茶倒入裝有冰塊的玻璃杯中，「這位客人，請用」地遞過來。
席薇亞用左手接過玻璃杯。
在右手臂依舊被亞梅莉抓住的狀況下，席薇亞舉杯飲啜。
「……『浮雲』蘭。」
「嗯？」
「那就是我們正在找的人……她所隸屬的團隊是『鳳』。」
席薇亞小聲地說。
「……上個月，除了『浮雲』外，『鳳』的成員全數在芬德聯邦喪命。我們正在追查唯一的生還者『浮雲』。她目前下落不明。」

「…………」

「……只不過查了三個星期，我們還是沒有找到任何線索。我會出現在鐘錶店，是因為掌握到『菲列德大道的鐘錶店發生槍擊事件』這則情報。以上就是我的說明。」

「…………原來如此。」

亞梅莉用帶著深色眼圈的雙眼盯著席薇亞。

「既然這樣，客人妳為何做出那種反應？那句話是【吾等乃不死之國的復仇者】嗎？見到寫在牆上的文字時，妳的嘴角露出了微笑。」

「因為那是蘭的筆跡。我好不容易終於掌握到線索，當然會笑了。」

「這段文字是什麼意思？」

「沒有什麼意思，就只是普通的遊戲罷了。因為我們和『鳳』——」

這麼回答之後，席薇亞發現自己透露太多了。

但是卻又無法把話收回。亞梅莉已經在手中施力，催促席薇亞說下去。

「彼此熟識……」

席薇亞坦白地說。

「……雖然時間短暫，不過我們『燈火』和『鳳』曾經頻繁地見面。」

沒錯，「燈火」和「鳳」之間有過交流。

——期間是自龍沖返國後的一個月。

吊車尾集團「燈火」和菁英集團「鳳」。

南轅北轍的兩支間諜團隊，度過了一段堪稱蜜月的時光。

◆◆◆

——蜜月第一天。

一切始於「燈火」老大的發言。

「我邀請了『鳳』的成員們來陽炎宮。」

「「「「「「「「嗄？」」」」」」」」

高挑長髮、相貌俊秀的青年克勞斯，突然對正在吃早餐的部下宣布此事。

陽炎宮是「燈火」位於迪恩共和國的港都的根據地。是繼承自「火焰」這支傳奇團隊，為了趕赴救援同胞而設立的據點。

由於建築本身是機密情報，因此平時並不會邀請客人前來。但是——

「因為當初本來約定好我要成為他們的老大。雖然他們願意將這件事一筆勾銷，不過我還是想償還這個人情。」

克勞斯在陽炎宮的餐廳裡這麼解釋。

所謂約定，是上個月在名為龍沖的極東之國上演的爭執。「燈火」和「鳳」將克勞斯當成賭注，展開衝突。這場「培育學校的吊車尾學生」ＶＳ「所有培育學校的前六名」的糾葛對決雖然在「燈火」的敗北中落幕，不過因為「鳳」釋出了溫情善意，克勞斯的職位最終並未異動。

克勞斯似乎非常耿直地將這件事情放在心上。

但是，萬萬沒料到他居然會在回國第二天就做出這樣的發言。對「燈火」的少女們來說，這才只是假期開始的第一天。

少女們的反應十分微妙。

「坦、坦白說……」

皺起一張臉的，是有著豐滿胸部和可愛容貌的銀髮少女——「花園」百合。

「我到現在還是有點怕『鳳』的各位耶～」

她一邊撕開早餐的麵包，一邊哀號。

「畢竟我本身被對方的領導人徹底打敗了嘛～雖然我很尊敬他們，但就是本能地對他們感到畏懼……」

不只是百合，其他少女也一臉陰鬱地開口。

「小、小妹也很害怕！雖然小妹知道他們並不是壞人。」
「畢竟我們以八對六的人數優勢輸給了對方嘛。」
「要是也可以殺人，我們早就輸得慘兮兮了。」
「雖然很不甘心，但他們非常優秀是不爭的事實。甚至優秀到有點令人害怕了。」
「……希望他們不會又說出想把老大搶過去之類的話。」
「本小姐不感興趣！」
「愛、愛爾娜安寧的棲身之處受到威脅了呢。」
她們各自發言，而其中大半都是持否定的意見。
事實上，「燈火」對「鳳」的實際狀況並不了解。因為在龍沖時，雙方的情報受到了限制，還有許多成員甚至根本不曾交談過。儘管分別之際，雙方勉強算是達成了和解，但是彼此之間毫無交流。
——過去企圖搶走克勞斯，雖然值得尊敬卻不怎麼討人喜歡的菁英。
這就是少女們對「鳳」的印象。
少女們當然認同他們的實力堅強，身為間諜，他們身上確實有許多值得學習的地方。可是因為他們曾一度令「燈火」面臨解散危機，少女們對他們的印象自然差到極點。
「結論出來了。」

百合站起身，做出總結。

「——請『鳳』的各位回去吧！」

「可是我們欠他們人情耶？」

「這是兩碼子事。」

百合果斷地打斷克勞斯的話，高舉拳頭。

「我可是從來沒有忘記他們欺騙過我們的這個仇！不要小看我們深沉的怨念了！Goodbye，『鳳』！」

「「「「「Goodbye，『鳳』！」」」」」

其他少女也高聲附和。

「……妳們這群女人不管何時何地都一樣吵鬧耶。」

彷彿從地獄深處傳來的冰冷說話聲。

轉過身，只見一名眼神銳利的棕髮青年瞪著這邊。

——「飛禽」溫德。

他現在是「鳳」的老大。是擁有高超刀術，曾經在培育學校所有學生中取得第一名成績的才俊。他和五名同伴一起站在入口門廳。他把兩手插在口袋裡，以絕對零度的視線望向這邊。

「我們確實曾經打算搶走克勞斯。但是，那是基於妳們實力太差的正當理由，而這個事實也已經透過直接對決證實了，不是嗎？居然想把我們趕回去，這究竟是什麼心態？還有，這個情景已經上演過幾遍了？」

「「「「「「……………………………………………………」」」」」」

少女們汗水直流，渾身僵硬。

百合擠出顫抖的聲音：

「你們已經來了啊～」

「因為我們也正在休假。」

溫德滿臉無趣地用鼻子哼氣。

在他身後，「鳳」的其他成員正興味盎然地觀察陽炎宮的內部裝潢。

百合一邊結結巴巴地說，手還一邊動個不停。

「那、那個……我們只是因為一時衝動，才說了剛才那些話，那並不是我們的真心話……我們幾個本來就容易衝動發言，所以請你千萬不要當真……」

「就算是真心話也無所謂。」

溫德的語氣尖銳。

「我雖然認同妳們的實力，但是並不打算和妳們親近。無聊透頂。我之所以來這裡，是為了和克勞斯交換情報。」

「唔……」

「如果妳們不希望我們來，那我們馬上就走。反正我本來就有此打算。」

溫德不客氣地說。

「「「「「……………！」」」」」「燈火」的少女們嚇得不敢作聲。

「「「「「…………」」」」」「鳳」的菁英們投以凌厲的目光。

餐廳籠罩在一片沉重的沉默之中。

沒錯，照理說，「燈火」和「鳳」本來不會有交集。

包括對任務的態度和過往的人生經歷在內，他們的差距太大了。

而讓那樣的雙方產生連結的是——

「嗯？可是我把你們叫來這裡，是想要訓練你們耶？」

——克勞斯。

在場唯一不受吊車尾和菁英的框架束縛，這個男人絲毫不把兩支團隊之間的鴻溝放在心上，一臉詫異地歪著腦袋。

現場所有人都「嗯？」地望向他。

克勞斯像是等候已久地點點頭。

「因為你們贏過了『燈火』，所以我在想應該要給你們一點獎勵才對。我想了想什麼獎勵比較適合，不曉得你們覺得訓練怎麼樣？」

「訓練？意思是你要陪我們訓練嗎？」

「是啊，我會親自指導你們。我有以『火焰』一員的身分在最前線作戰的經驗，應該可以帶給你們在培育學校所學不到的技術才對。」

「…………原來如此。」

溫德思索片刻後點頭。

「這個點子還不賴。那好吧，我就答應這個提——」

「——打倒我。」

「嗯？」

「無論使用何種手段都可以。你們所有人就彼此合作，試著讓我『投降』吧。雖然我還是會在休假期間去執行任務，不過你們隨時都可以來襲擊我。以上就是訓練內容。」

「「「「「……………………………………」」」」」

包括溫德在內，「鳳」的六人完全說不出話來。

不久，溫德神情困惑地看著少女們。

「這個男人在開玩笑嗎？」

「「「他本人一向都很認真。」」」

「他沒辦法用正常的方式指導嗎？」

「「「沒辦法。」」」

「妳們該不會也接受了相同的訓練吧？」

「「「半年多來都是如此。」」」

「…………………………」

漫長的沉默再次降臨。

看樣子，似乎就連菁英也得花上一段時間才能夠理解。

溫德將兩手插進口袋，仰望天花板，動也不動。過了好一會兒，他才解除那個姿勢，頹然垂首，接著以緩慢的動作將頭髮大大地往上一撥，朝克勞斯投以銳利的目光。

「什麼啊，居然提出對我們這麼有利的條件………你是不是瞧不起我們？」

他好像生氣了。

溫德渾身散發出前所未見的怒氣，令在一邊旁觀的百合等人不禁屏息。
繼憤怒的他之後，「鳳」的其他成員也紛紛開口。
「唔嗯♪真不希望有人把我們跟『燈火』相提並論耶♪」
「居然瞧不起吾等，不可原諒是也。」
「嗯，既然是六對一，那麼再怎麼樣也不可能會輸啦。」
「就讓你好好見識『鳳』的實力吧～」
「……是。目標是在一分鐘內決定勝負。」
大概是自尊心受損了吧，「鳳」的六名成員全都對克勞斯釋出敵意，一副隨時都要撲上前去的模樣。
在一旁看著這番對話，「燈火」的少女們心裡只有一個想法。
（（（（（（啊，我有見過相同的場面……））））））
那是她們從前走過的路。
隨後，「鳳」的菁英們也沒有擬定什麼計畫，便即刻對克勞斯展開突襲，結果一眨眼就被徹底打敗了。

克勞斯的訓練似乎帶給「鳳」很大的變化。

可能是備受衝擊吧。對以身為所有培育學校的前六名為傲的菁英們而言，那是史無前例的慘痛失敗。

第一天，「鳳」一臉茫然地回去了。

然後到了隔天，他們帶著新擬好的計畫來到陽炎宮，勇猛果敢地向克勞斯挑戰，結果同樣又遭遇失敗。他們神情錯愕地回去，然後隔天又重複一遍相同的事情。

見到他們那副模樣，「燈火」的少女們體會到一件事。

高自尊的人一旦遇上比自己強上許多的對手，屆時會發生什麼事？

「我們今天也來了，『燈火』的女人們。克勞斯在嗎？」

「「「「不要每天都來啦！」」」」

蜜月第四天——「鳳」成了跟蹤狂。

◆◆◆

盤問室裡一片安靜。

席薇亞回想與「鳳」之間的交流開端的幾秒內，亞梅莉始終沉默無語。室內只有一旁的情報員拿著鋼筆書寫的聲音響個不停。

「……老實說，那幾個傢伙並不討人喜歡。」

席薇亞喃喃地說。

「但是，他們和我們也不是毫無關係。所以，我們想要知道『鳳』毀滅的原因。唯一的生還者──『浮雲』蘭在報告其他人的死訊之後，就失去音訊了。」

她大大地搖頭。

「……可是就如同我剛才所言，我們找了三個星期，卻還是找不到蘭的行蹤。」

「…………」亞梅莉動也不動。

「那家鐘錶店是我們好不容易才找到的線索。吶，這次換你們告訴我了啦。為什麼ＣＩＭ的防諜部隊要監視那家鐘錶店？只透露一點應該無所謂吧？我再重複一遍，我真的沒有半點危害芬德聯邦的念頭。」

席薇亞在最後一句話加重了語氣。

「燈火」並不想公開與芬德聯邦為敵。她們想要的是情報。

「…………」

亞梅莉只是一言不發，繼續面無表情地注視著席薇亞。

她帶著濃濃黑眼圈的雙眼，散發出一股陰森的氣息。「操偶師」這個代號，或許正是為了表現這股異於常人的氛圍吧。

沒一會兒，她吐了口氣，「謝謝妳」地點頭致謝。

「我明白妳的狀況了。熟人去世一事想必令妳相當傷神吧。」

「是、是啊。妳能夠理解真是太好了。」

「只不過──」

亞梅莉簡短回答後，在抓住席薇亞右手的手中施力。

「──脈搏稍微加快了。妳說謊對吧？」

「──────！」

「太不成熟了。看來這位客人不是優秀的間諜呢。」

席薇亞頓時愕然。

看來亞梅莉之所以用力按住席薇亞的手腕，並不只是為了威脅她，也是在趁機測量她的脈搏、讀取她的心思。

亞梅莉嘴角一撇，像是在欣賞席薇亞的反應一般。

——防諜專門部隊「貝里亞斯」的領導者。

——「操偶師」亞梅莉。

她所釋放出的詭異壓迫感，讓席薇亞感到呼吸困難。

有種自己的心思全都被對方看穿的感覺。

之後，亞梅莉一度鬆開席薇亞的手，從椅子上站起來。她發出叩叩叩的腳步聲，在室內走來走去。

「…………特地從本國千里迢迢來此的間諜，只有連若無其事撒謊都辦不到的程度啊……莫非『鳳』這麼不受重視……？這位客人究竟是什麼人…………」

不時傳來的喃喃自語聲，莫名給人裝模作樣的感覺。

不一會，亞梅莉讓裙子翩翩飄揚，轉了半圈。

「——好吧。」

她以優雅的步伐站在席薇亞面前。

「我就告訴妳，我們監視鐘錶店的理由好了。」

「咦？」意想不到的回答令席薇亞吃驚。「可以嗎？」

「無所謂，畢竟我們也不希望與共和國為敵。」

亞梅莉泛起微笑。

「對了，這位客人——請問妳對我們的王室了解多少？」

「嗯？」

席薇亞一頭霧水。

話題突然改變了。

不用說，席薇亞當然有把芬德聯邦的基本資料記在腦袋裡。

——芬德聯邦是世界的前霸主。

是歷史上最早完成名為「工業革命」的工業近代化，進軍世界的國家。他們接連掌控托爾法大陸、極東和新大陸，將那些土地納為「芬德王國的國土」，逼迫當地人民對王國效忠，展開讓世界逐漸成為芬德王國一部分的侵略行動。

不久之後，「芬德王國」將國名更改為「芬德聯邦」。形式上採取各州各自擁有權限的「聯邦制」，實際上卻是「中央集權制」。

以王室為頂點，統治世界各國的巨大支配體制。

世界大戰結束後，霸主的寶座雖然讓給了穆札亞合眾國，然而其影響力依舊未減。

「我當然知道，不過……」

「芬德聯邦是王室擁有極大權力的國家。原本的芬德王國，以及受其支配的十四個國家的領導人——所有國民都對萊波特女王和女王的兒子，也就是包括達林皇太子殿下在內的五位王子宣誓效忠。」

仔細地解說之後，亞梅莉開口。

「——『鳳』涉嫌暗殺達林皇太子殿下未遂。」

「嗄？」

出乎意料的情報，讓席薇亞忍不住發出怪聲。

「看妳的反應，妳好像是第一次聽說這件事呢。」

「呃……那是怎麼回事……」

「這條新聞本身妳應該知道吧？上個月，達林殿下訪問行政機關時，大樓內被人安裝了炸彈。達林殿下雖然平安無事，卻有兩名職員因此喪命。」

「是啊，我當然知道。可是，聽說那是激進派的恐怖分子所為——」

「我們表面上是這麼處理的。但其實那起事件，迪恩共和國的機關『鳳』涉有嫌疑。」

「有證據嗎？」

「當然有。不過我沒道理拿給客人看。」

初次得知的情報令席薇亞震驚不已。

——「鳳」試圖暗殺皇太子？

莫名其妙。

這是之前完全沒有聽說過的情報。再說，他們根本沒有理由要暗殺皇太子。他們原本的任務是搜查某個人物。

「這下妳應該明白了吧？我們CIM也正在追查『鳳』。」

「呃，等、等一下，可是『鳳』已經毀滅了啊。」

「沒錯，我們也查清楚了——原本有六人的『鳳』有五人已經死亡。他們鎖定達林皇太子，而後遭到殺害的原委，對我們來說也是個謎。」

亞梅莉頷首。

「知道一切的只有生還者——『浮雲』蘭一人。」

「…………！」

「我們『貝里亞斯』的使命是逮捕她。妳我會在那家鐘錶店對峙是必然的結果，因為我們都在追查同一個人的下落。」

亞梅莉再次取出蝴蝶刀，將刀子的側面抵在席薇亞的臉頰上。

刀子冰冷的觸感傳遞過來。

「這是命令，小女孩。把『浮雲』的所有情報都招出來。」

亞梅莉低語。

「妳和『浮雲』是熟人吧？——妳應該知道她的情報才對。」

「…………………………」

席薇亞當然知道。

因為她和「鳳」相處了一個月的時間。

除了蘭的年齡、長相、身體能力，還有她習慣頻繁地改變說話方式，以及現在正著迷於在語尾加上「是也」。最喜歡的食物是蘋果派，喜歡到每週會吃三次。特技是「拘束」，使用細繩的技術是她的拿手絕活。對安妮特心懷恐懼，每次見面都會全力逃跑。還有，她能夠拿下畢業考第三名的成績，有只是一時好運的嫌疑。

但是，那些全是機密情報。

席薇亞之前只有透露表面的情報，真正逼近核心的部分都避而不提。

「…………」

呼吸困難，肺部也自然而然難受起來。

「事到如今妳還默不作聲啊。」

亞梅莉不滿地咂舌。

「真奇怪，妳剛才明明說不想與我們為敵，我還以為妳會幫忙揪出殘忍的恐怖分子呢。」

「…………」

「假使妳打算包庇嫌犯——那我也不得不繼續拷問妳了。」

一邊冷冷地說，亞梅莉在手中加強力道。

刀子冰冷的側面往席薇亞的臉頰愈陷愈深。亞梅莉只要稍微移動刀刃就會劃傷席薇亞的臉頰，然而她卻給人一種滿不在乎的壓力。

——我包庇「鳳」的理由是什麼？

在席薇亞腦中反覆上演的，是曾經與他們共度的時光。

◆◆◆

——蜜月第八天。

自從慘敗給克勞斯之後，「鳳」幾乎每天都會來到陽炎宮。

其中頻率最高的是「鳳」的老大——「飛禽」溫德。

「我又來了，『燈火』的女人們。克勞斯在哪裡？嗯，他又去出任務了啊。既然這樣，我就在餐廳等他吧。之前裘兒不是有留了茶點在這裡嗎？我要吃那個。對了，我把畢克斯和法爾瑪也帶來了。其他人則會晚點──」

「「「「快滾啦！」」」」

眼神銳利的棕髮青年完全不把「燈火」的「逐客令」當一回事，照樣自顧自地造訪陽炎宮。

起初，少女們還把他當成客人迎接，但是隨著他幾乎每天都來報到，少女們對他的態度也開始轉變。「燈火」還在休假。沒有什麼比不顧他人、擅自造訪的客人更令人鬱悶了。

於是過了一週之後，每次見面都大喊「給我滾」便成了固定的模式。

不過，溫德當然不是會因為這樣就乖乖回去的菁英。

「……你該不會很閒吧？」

百合一臉傻眼地吐槽。

「怎麼可能有那種事。」

溫德在餐廳裡一邊大啖茶點，一邊回答。

「我們雖然輪流休假，不過還是有在執行防諜任務。我只是工作很有效率而已，別拿我跟妳們幾個相提並論。」

「啊，那還真是厲害。」

「今天則是所有人都休假。」

「你果然很閒！」

見到百合等人發出噓聲驅趕自己，溫德哼了一聲。

「放心吧，明天起我就要開始忙了。我並不打算入侵妳們的生活。」

「啊，既然如此……」

「明天我只會在陽炎宮待三小時。後天是傍晚兩小時，大後天是清晨四小時，四天後開始則是深夜兩小時、白天六小時、傍晚一小時，晚上二十分——」

「「「不要每天都來啦！」」」

「燈火」的少女們會拚命趕他走其實大有原因。

因為麻煩人物不是只有溫德一人。他帶來的「鳳」的其他成員也都很棘手。

在龍沖時，因為沒什麼交集所以不知道，但其實「鳳」裡面也有好幾個怪咖。

比方說「羽琴」法爾瑪。

她是一名任由亂髮生長、體型微胖，渾身散發出懶散氣息的女性。她好像把「燈火」的年少組的少女們當成玩賞動物還是什麼了，總是不顧場合，一見到就對她們又摟又抱。

主要受害者是容貌如洋娃娃般美麗的嬌小金髮少女——「愚人」愛爾娜。

「啊～是愛爾娜妹妹～妳今天也好可愛喔～讓我摸摸妳的臉頰啦～讓我捏一下嘛～咕嘰咕

嘰～我們一起睡午覺吧～」

「咿！感、感覺好恐怖呢！愛爾娜有不幸的預感呢！」

愛爾娜經常滿臉驚恐地遭她上下其手。

比方說「浮雲」蘭。

這名少女有著胭脂色的長直髮，五官宛如用線勾勒出來一般鮮明，英氣凜然。她對「燈火」裡名叫安妮特的少女懷有陰影，每次遇見安妮特都會「她出現了是也啊啊啊！」地大叫，然後開始逃跑。只不過，她如果只是逃跑倒還無所謂，然而她卻是個會撞壞陽炎宮的備品的破壞者。

主要受害者是長相中性、沒什麼特徵的藍銀髮少女——「冰刃」莫妮卡。

「啊，莫妮卡大人！哎、哎呀，前幾天敝人不小心打破莫妮卡大人的馬克杯是也，這件事就用『鳳』的經費——」

「給在下自己出錢。妳下次敢再弄壞在下的東西就殺了妳。」

莫妮卡用彷彿看著垃圾的眼神，將她踹飛。

他們的失控之舉還不止這些。

「凱風」庫諾——這個戴著面具的神祕壯漢竟然一邊喃喃嘟噥「……是」，一邊默默地在庭院裡種起家庭菜園。百合所栽種的香草和毒草，就這麼被他擅自改成種其他植物了。

「鼓翼」裘兒——相比之下，這名戴著大眼鏡的馬尾少女算是比較有常識的人，但是她卻也「啊～有人幫忙照顧這些傢伙，這下我總算輕鬆了～」地遙望遠方，完全沒打算制止同伴的樣子。非但如此，她還一副如釋重負地在客廳裡休息。

見到這群人幾乎每天都來報到，「燈火」的少女們只有一個感想。

「「「「「「這些傢伙麻煩死了……！」」」」」」

少女們被菁英們耍得團團轉。

可是卻又不能趕他們走。因為他們的造訪受到克勞斯認可，而且實力又遠在少女們之上，光憑蠻力幾乎不可能打贏他們。

「鳳」是「燈火」的天敵。

和其他少女一樣，席薇亞也是「鳳」的受害者。

——「翔破」畢克斯。

那正是她的天敵。

他是一名長相俊俏有如時裝模特兒的青年。據說每次放假都會和女人玩在一起的他，經常對席薇亞提出約會的邀請，只不過是要她扮成男人。

「啊，席薇亞♪今晚要不要去聯誼？因為男生的人數不夠，所以要是妳願意扮男裝，就不會讓女孩子傷心難過了♪」

「關我什麼事啊啊啊啊啊啊啊！」

好像是因為「鳳」的其他男性都已經不想理他了，他才打算帶席薇亞出席。

由於他實在太煩人，席薇亞只好決定逃跑。

她在陽炎宮內的走廊上全力狂奔。

「你為什麼要來煩我啦？」

「因為妳最有趣啊♪」

「竟敢瞧不起我！」

「哎呀，不要放在心上啦♪這也是一種訓練啊♪追求女人也是間諜必備的技能♪」

「這樣我又沒有訓練到！」

但是，畢克斯這個男人可沒有那麼容易就能甩掉。

——培育學校所有學生中排名第二的強者。

兩人雖然在龍沖直接交手過，不過他當時似乎並沒有使出全力。他像是很享受和席薇亞的追逐戰一樣，帶著游刃有餘的笑容追趕她。

席薇亞在一樓的走廊上全力衝刺，想要跑到走廊的盡頭。逃上二樓雖然也是一個辦法，不過那裡有少女們的寢室，所以她實在不想讓克勞斯以外的男人上去。

她下定決心要在走廊盡頭迎擊對方。

也為此做好了準備。

「給我吃下這一招吧！」

她讓設置在牆上的催淚瓦斯啟動。

催淚瓦斯在完美的時機點，朝著正好在席薇亞背後的畢克斯噴射。如果是在陽炎宮內，席薇亞已經有和克勞斯交手三百回以上的經驗。

畢克斯閉上眼睛，用拳頭擊破噴射口。

這下足以爭取時間了。

席薇亞立刻將身子探出窗戶，想要逃跑——

「代號『翔破』——愉快粉碎的時間到了喔♪」

咚的一聲，宛如大砲的聲音響起。

肌膚感應到強烈的衝擊。某樣東西通過腦袋旁邊，掀起強風吹動席薇亞的髮絲。她停下動作，戰戰兢兢地望向聲音傳來的方向。

磚塊陷進牆壁中。

「嗄……？」

磚塊似乎撞上了窗戶旁邊的牆壁。強大的衝擊力不僅令磚塊本身碎裂，也使得牆壁凹陷、窗框歪斜，就算觸碰窗戶也打不開。

根本不用去想磚塊是從哪裡冒出來。

是被扔過來的——僅憑畢克斯的臂力。

「什麼啊啊啊啊啊啊啊啊啊啊啊啊啊啊啊啊啊啊啊啊！」

席薇亞發出哀號。

她想起他的特技了——是「怪力」。

畢克斯的身材線條雖然看起來不算粗壯，身上卻暗藏著難以用常識估量的肌肉。對他而言，以高速投擲磚塊、讓窗框歪斜，應該是易如反掌吧。

畢克斯笑眯眯地走過來。

「太好了♪幸好我事先在院子裡撿了這個磚塊♪」

「呃，我根本就什麼都……」

沒看到——照理說應該是如此。

他的手裡空無一物。因此，席薇亞才會對來自射程外的攻擊感到錯愕。

畢克斯伸出手，攤開手掌給席薇亞看。

「『隱匿』——欺瞞敵人的眼睛是我的技術♪」

席薇亞恍然大悟。

雖然不知道他是用什麼方法，不過他能夠將武器藏在身體裡。恐怕是用闊背肌或臀大肌夾住，帶在身上吧。

面對這份迷惑對手的技術，席薇亞不禁嘆息。

畢克斯的「怪力」是令敵人不得不防的特技。可是，畢克斯時常會將武器暗藏到最後一刻，欺瞞對手，讓人猜不透他會如何發揮那份怪力。

「怪力」×「隱匿」——無盡鐵臂。

結合特技與謊言的概念。席薇亞也早就知道那個概念的名稱。

「——是詐術啊。」

只有間諜培育學校裡快要畢業的學生才會學習到的最後課程。出人意表，打倒實力較高者的唯一手段。

「燈火」的少女們之中除了愛爾娜外，其他人都還沒完成。

「啊，席薇亞妳還沒有學會對吧♪好遜喔♪真是笑死人了♪」

「少囉嗦！」

見到畢克斯露出嘲諷的笑容，席薇亞朝他使出一記前踢。

但是，他輕易就抓住席薇亞的腿，還將她高高舉起懸在半空中。一旦被他的怪力抓住，要逃走是不可能的事。

「好了，扮男裝去聯誼吧♪」

「我～不～要啊啊啊啊啊啊！」

席薇亞像是遭人活捉的野豬一般，被吊起來帶走。

即使她大聲抗議，畢克斯當然也是充耳不聞。

席薇亞很清楚之後會發生什麼事。她會在畢克斯的命令下被迫換裝，扮成男孩子去參加聯誼。這是數日來反覆上演的地獄般悲劇。

要怎樣才能打倒這個男人呢？

正當她在腦中思索接下來的計策時，一道高亢的聲音傳來。

是口哨。

「真可惜♪時間已經到了♪」

「嗄？」

畢克斯一臉遺憾地搖搖頭，放開席薇亞的腿。

「溫德要我們集合了♪」

基本上令人厭煩的他們，也有一點值得學習。

——那就是面對間諜這項職務的態度。

席薇亞在畢克斯的催促下來到客廳，結果見到「鳳」和「燈火」的其他成員以溫德為中心，在那裡齊聚一堂。總共十四名的間諜集結，將視線朝向位於中央的溫德。

「時間到了，該開始準備打倒克勞斯了。」

溫德語氣堅定地說。

「鳳」的其他成員露出嚴肅的表情，應了一句「收到」。好比打開開關似的切換模式。

然後，溫德望向「燈火」的少女們。

「從這次開始，妳們也要一起幫忙。」

「「「咦？」」」

「妳們身為間諜的綜合能力雖然很低，卻各自擁有強大的特技。儘管覺得不甘心，但是依現狀來看，光憑『鳳』確實贏不了克勞斯。所以，我們要合作將他打敗。」

站在他旁邊的裘兒笑著說「我已經想好作戰計畫了」，一邊將陽炎宮的平面圖攤開。

一看就知道，這不是光憑「燈火」所能執行的作戰計畫。計畫內容不僅周密，還另外準備了好幾個備案以防主要計畫失敗。

「……如果想跟我們合作，態度就客氣一點啊。」百合抱怨。

「這是我們一貫的溝通方式。」溫德回答。

他的聲音總是充滿了自信。

「我應該說過──『鳳』和『燈火』要共同守護這個國家。」

受到菁英們如此信賴，少女們是感到既害羞又開心。

「鳳」的其他成員也笑著說。

「其實本來就預定好要這麼做了啦♪」「吾等加深合作關係非常重要是也。」「而且也能彼此互相學習。」「法爾瑪也覺得進行更深層的交流是件好事～不如大家一起去泡溫泉吧～」

「………不，妳搞錯方向了。」

雖然吵鬧，卻比「燈火」多了幾分成熟的「鳳」。

他們果然是少女們所崇拜的菁英。

一名世界最強，六名菁英，八名吊車尾——總共十五人。

他們只要聚集起來，場面總是鬧哄哄的。吵到甚至分不清誰說了什麼話。

「好的，百合我有問題要發問。既然打算一起訓練，那為什麼溫德先生老是一副盛氣凌人的態度？」「還不是因為妳們打從剛認識，就拒我們於千里之外。」「…………是。老大不小了還鬧脾氣。」「不行了～糖分不足了～法爾瑪想和愛爾娜妹妹去吃甜點～」「呢！請、請不要抱著愛爾娜呢！」「不、不可以！小妹不會把愛爾娜前輩交給妳的！」「不過吃飯倒是個好點子。我來預約餐廳好了。」「咦？這樣很傷腦筋耶♪因為我今晚要和席薇亞去聯誼♪」「去死啦！如果要扮男裝，葛蕾特才是專門的……」「恕我拒絕……我想莫妮卡小姐應該也很適合扮男裝。」「不准出賣在下。在下才不想跟克勞斯先生以外的男人吃飯。」「咦？這話什麼意思？令人好奇。難道說……我嗅到戀愛的味道了！」「敝人也想聽是也！」「本小姐沒有給妳說話的權利。」「是也！」

儘管每天都驅趕對方，雙方的交流卻日益密切而深厚。
互相刺激、競爭、提升，不可思議的兩支團隊。
這份堪稱競爭對手的關係——讓人原以為會永遠持續下去。

◇◇◇

「為什麼——？」
亞梅莉喃喃地說。
結束回想的席薇亞一睜眼，就見到站在自己面前的亞梅莉神情愕然。她用不可置信的眼神瞪大雙眼。
始終擺出專業態度的亞梅莉第一次變了臉色。
「嗄？」席薇亞滿腹狐疑地反問。
亞梅莉倒吸一口氣。
「——這位客人，妳為什麼在哭？」

經她這麼一說，席薇亞這才注意到滑過自己臉頰的水滴。
她觸碰自己的臉，重新確認水滴的存在。
（啊啊，真的耶……我在哭。真是難看……）
這並不是她人生第一次體驗所謂的失去。
她從小出生在黑幫家庭之中。在那個被暴力和掠奪支配的世界裡，她曾經目睹殺人現場，也曾經和喜愛的人天人永隔。
令她驚訝的是，自己竟然和當時一樣流淚。
想起菁英們的模樣，在他國的盤問室裡哭泣。
（真的假的啊……虧我一開始還覺得他們很煩……）
雙方在龍沖時是敵對關係。
為了爭奪克勞斯，他們彼此交鋒。少女們還因此產生吊車尾學生特有的自卑感。
自從溫德等人頻繁造訪之後，少女們總是「不准來」、「滾回去」、「至少也該帶盒甜點來吧」地破口大罵，趕他們回去。
然而如今，席薇亞卻在想起與他們共度的時光後，淚流滿面。
席薇亞用左手拭去淚水。
「……剛才妳說我撒謊，對吧？」

「是啊。」

「沒有錯，我的確撒了謊。」

她直視前方。

「我說我不喜歡他們是騙人的。其實我並不討厭那幾個傢伙。」

這是真心話。

——不希望他們死去。

——一直相信今後還能繼續維持對手關係。

可是，死亡報告句句屬實。席薇亞等人急忙趕到芬德聯邦後，親眼見到拍下他們遺體的照片。無論再怎麼懷疑只是偽裝，那些照片依舊將殘酷的事實擺在她們眼前。

無論再怎麼悲嘆，現實也不會改變。「鳳」除了蘭一人，全員皆不幸殉職。

這是「燈火」第一次面對心愛之人的死去。

「才不會哩……」

席薇亞握緊拳頭，咬牙切齒地說。

「……？」亞梅莉蹙起眉頭。

「暗殺皇太子未遂事件？『鳳』才不會做那種事情。」

她扯著嗓子說。

「他們就算有目的要達成，也不會像加爾迦多帝國那些人一樣採取骯髒下流的手段，讓平民百姓受到爆炸衝擊波波及！他們是被陷害的！一定是有某人嫁禍給『鳳』，並且殺了他們！」

「真令人不愉快耶。莫非妳想說我們『貝里亞斯』受人欺瞞——」

「我就是這個意思啦！」

席薇亞衝動地破口大罵。

完全克制不了內心激昂的情緒。

不是出自遭他國諜報機關逮捕的恐懼，也不是出自受亞梅莉威脅的憤怒，是因為眼前失去「鳳」的這個事實令她痛苦不已。

「我不會再透露情報了。」

席薇亞收起下巴。

「因為我沒道理告訴妳們。『鳳』和暗殺無關，你們被騙了。我不能把同伴的情報賣給你們這種人。」

「……妳好像不太理解現在是什麼狀況喔？」

亞梅莉毫不猶豫。

她在手裡的蝴蝶刀中施力，企圖劃破席薇亞的臉頰。

在利刃陷入自己白皙的肌膚之前，席薇亞搶先採取了行動。

她將桌子往上一踢，連同亞梅莉的身體一起踢飛，同時伸出左手。

「代號『百鬼』——掠奪攻擊的時間到啦。」

偷走亞梅莉的刀子。

在她身後的「貝里亞斯」的成員採取了行動。那人立刻舉起從懷中取出的手槍，將槍口對準席薇亞。

席薇亞也舉著刀子、沉下腰，準備撲上前去。

她已經做好對方如果開槍，自己可能會中兩三發子彈的心理準備。若是在狹小的房間裡發動混戰，她應該有幾成的機率可以獲勝。

亞梅莉一臉不耐煩地拍掉裙子上的灰塵。

「妳想要抵抗？」

「是啊。我可沒空在這裡接受錯誤的拷問。」

「開什麼玩笑。我們奉行絕對的正義——永遠都是正確無誤。」

她從口袋拿出一根棒子。

席薇亞帶著戒心擺出備戰架式，然而那並不是武器——而是指揮棒。

亞梅莉優雅地揮動指揮棒，輕輕地將指揮棒指向身體的右邊。

「『蓮華人偶』——」

「——是，首領。」

一名滿面喜色、身穿修道服的女性站在亞梅莉的右側。

接著，亞梅莉將指揮棒指向左邊。

「『自毀人偶』——」

「——悉聽尊便。」

一名頭戴大禮帽、身穿西裝的纖瘦少年站在亞梅莉的左側。

在左右兩名部下的陪侍下，亞梅莉面露微笑。

「這兩位是『貝里亞斯』的副官，至今已埋葬過好幾名間諜。」

「……喔，這樣啊。」

「——【四號劇目】。」亞梅莉大大地揮舞指揮棒。「好好地招待客人吧。」

那似乎是對兩名副官下達的指令。

席薇亞所能見到的，只有被稱作「蓮華人偶」的女性和被稱作「自毀人偶」的少年，兩人彈也似的移動的瞬間。

合作無間的行動。

分成左右兩邊的二人組分秒不差地撲上前來，夾攻席薇亞。席薇亞原以為如果只有這樣，自己應該也有辦法應付——

豈料她的腹部卻遭人從正面狠踹。

——是亞梅莉。

亞梅莉趁著席薇亞的注意力分散到副官身上的瞬間，移動到她面前。

（居然連妳也動手！）

那記從正面衝過來用力使出的飛踢，讓席薇亞抵銷不了衝力，就這麼重重撞上後方的牆壁。手裡的小刀因此掉落。

她的左右手臂被「蓮華人偶」和「自毀人偶」抓住。

那兩人的動作十分熟練，恐怕有事先經過演練吧。席薇亞在鐘錶店時也見識過部下們在亞梅莉的指揮下，展現出完美的合作默契。即使身體能力優越，單憑個人也應付不了他們。

光憑席薇亞一人完全束手無策。

「首領，請問要先打斷幾根呢？」

名叫「蓮華人偶」的女性以冷淡的口吻問道。

她像在享受觸感一般，讓指尖在席薇亞的腹部上滑動。那是在乳房下方一點的位置。

她說的打斷，大概是指肋骨吧。

「我希望可以打斷三根。之前『自毀人偶』多打斷了兩根。」

「不，『蓮華人偶』的技術很差，還曾經把肺部刺出洞來。」

名叫「自毀人偶」的少年一副不服氣地插嘴。

「首領，請讓我打斷三根。」「蓮華人偶」這麼說。

「首領，請讓我打斷四根。」「自毀人偶」接著開口。

「蓮華人偶」的女性說話聲和「自毀人偶」的少年說話聲，分別從席薇亞的左右兩邊像在輪流接唱一樣地傳來。

「這傢伙很囂張。」

「所以必須教導她。」

「不像樣的間諜。」

「得知同伴遇害。」

「卻花了三星期也沒獲得什麼成果。」

「最後被捕。」

「將她和『鳳』埋在同個地方。」

「企圖暗殺皇太子的人渣。」

「卻也被殺死了。」

「同伴內鬨？抗爭？意外事故？」

「因為希望妳吐出情報，」

「我也這麼認為。」

「讓她看清何謂現實。」

「可恥的間諜。」

「拚命趕來這裡。」

「難看地到處亂爬。」

「並且將在受盡拷問之後遭到殺害。」

「她和那些傢伙一樣不成熟。」

「雖然失敗了。」

「沒錯，被輕易地殺死了。」

「知道真相的只有『浮雲』。」

「所以我們要聽從首領的指示，」

「——同時從左右打碎妳的骨頭，這位客人。」」

兩人同時露出令人不快的獰笑。

他們手裡握著好大一把鐵鎚，像是在對席薇亞示威似的高高舉起。

亞梅莉一臉沒趣地說。

「很可惜——好像又有新的客人來了。」

一股令空氣凍結的冰冷殺氣傳來。

原本面露嗜虐笑容的「蓮華人偶」和「自毀人偶」表情瞬間僵住。他們迅速鬆開席薇亞的手臂，擺出架式。

「你們似乎對我的部下相當粗暴呢。」

是克勞斯。

「燈火」的老大散發著怒氣，進到盤問室裡。

除了亞梅莉，「貝里亞斯」的所有情報員都往後退了幾步。即使不報上名號，他們似乎也都認得克勞斯這個人。

「老大……！」席薇亞出聲呼喚。

克勞斯點點頭，走到席薇亞身旁。

「蓮華人偶」和「自毀人偶」退開，圍住亞梅莉保護她。

亞梅莉舉止優雅地微微行禮。

「這還是我們第一次見面呢，『燎火』先生。我是芬德聯邦諜報機關ＣＩＭ的防諜專門部隊『貝利亞斯』的首領，人稱『操偶師』的亞梅莉。」

「妳知道我是誰？」

「我老早就聽過關於你的傳聞了。聽說你是個異想天開，自詡為『世界最強間諜』的人。」

「……看來我不小心得到和間諜身分不相稱的名聲了。」

克勞斯嘆息。

「算了。操偶師，可以請妳放了我的部下嗎？」

「恕我拒絕。『鳳』有暗殺皇太子未遂的嫌疑，而這個小女孩是該起事件的參考人，所以我們不能讓步。」

「嗯……這件事我還是第一次聽說。」

「ＣＩＭ和對外情報室之間的同盟關係，有可能會視情況解除。」

兩支團隊的老大靜靜地互瞪。

——席薇亞的肌膚感到陣陣刺痛。

克勞斯將聲音壓低一階。

「我並不介意用蠻力將你們打倒。」

「請別這樣，這位客人。假使你讓我的部下受了任何一點傷，ＣＩＭ和對外情報室勢必會就此敵對。即使你再怎麼優秀，終究只有一個人。當ＣＩＭ傾注全力攻擊共和國時，你有辦法徹底守護自己的國家嗎？」

對此，亞梅莉投以溫柔的微笑。

克勞斯神情納悶地歪著頭。

「我不懂耶。」

「嗯……？」

「我在這裡傷害你們的事情，為什麼會讓兩國產生對立？」

「這還用說嗎？這位客人。」

「有誰會去報告這件事？——明明所有人都會死在這裡。」

不知不覺間，克勞斯的手裡已握著一把手槍。

他渾身散發出前所未有的強大氣勢，令席薇亞不禁手心冒汗。

克勞斯的聲音中沒有一絲顫抖，好比在陳述千真萬確的事實一般。我有辦法殺死建築內所有人，悠然自在地離開這裡——他是這麼主張的。

「…………………………」

亞梅莉面不改色。

房間裡充斥著讓所有人為之屏息的緊張氣氛。

率先移開視線的人是克勞斯。

「…………算了。其實我也不想跟你們互相殘殺。」

他轉身面向席薇亞，拂去她肩上的灰塵。「好極了。真虧妳有辦法拖延這麼久的時間。」並且這麼對她說。

「你剛才那是在威脅我？」

亞梅莉對他投以嘲諷的目光。

「我再重複一遍。無論你再怎麼優秀，終究只有一個人。你是不可能殲滅我們的。我只要讓所有人分頭逃走，向上級報告你的暴行就好。」

「…………」

克勞斯用看似無趣的眼神回望她。

「你的虛張聲勢真沒創意。」

亞梅莉訕笑。

「假使你執意帶走那名少女，我們將會以武力抵抗。」

「不要再做這種無意義的爭執了。我和席薇亞都沒有『浮雲』蘭的消息，就連涉嫌暗殺皇太子未遂這件事也是第一次聽說。」

克勞斯左右搖頭。

「妳就算拷問我們也不會得到任何情報。即使如此，妳還是要和我拔刀相向嗎？」

「…………」

「現在最重要的——應該是雙方彼此合作，不是嗎？」

「合作？」

亞梅莉一臉意外地瞇起眼睛。

克勞斯接著說。

「你們想要逮捕涉嫌暗殺皇太子未遂的『浮雲』，而我們想要從『鳳』唯一的生還者『浮雲』口中問出真相。妳我的目的一致——都是找到『浮雲』蘭。難道不是嗎？」

「原來如此，這就是你的主張嗎？」

亞梅莉用手掩嘴。

「妳要是拒絕，我就得為了保護部下對你們動武。妳要試試看我的話是不是虛張聲勢嗎？」

克勞斯以冷靜的語氣口出威脅。

在一旁聆聽的席薇亞深感佩服。儘管先前彼此對立，但雙方的主張相同，都想找出「浮雲」

蘭的下落。
克勞斯過於強大的存在感，逐漸將單方面的拷問轉變成對等的交涉。
從亞梅莉等人的反應來看，他們應該早就聽說他有多強了。儘管這對一名間諜來說未必是件好事。
與巧妙操控對方願望的緹雅不同——這是以超強實力作為武器的交涉術。
亞梅莉將翻倒的椅子扶正，深深地坐在椅子上。
「貝里亞斯」的一名部下送來新的紅茶。
玻璃杯只有一個。
大概是加了很多牛奶吧，亞梅莉津津有味地啜飲偏褐色的乳白色液體，然後露出淺笑。
「——恕我拒絕。」
她斬釘截鐵地說。
「我們也不希望和迪恩共和國起衝突，但是，我們雙方已經不是對等關係了。『鳳』有重大的犯罪嫌疑，我們甚至可以將此事公諸於世喔？你得單方面地聽命於我們——這是我唯一能夠接受的條件。」
「無所謂。」
克勞斯簡短回答。

「反正都沒差。」

◇◇◇

一小時後，造訪盤問室的人是緹雅。

這名少女是「燈火」的一員，平時在團隊中負責指揮。有著凹凸有致的嬌媚姿態，以及烏黑亮麗的長髮，代號是「夢語」。她之前在芬德聯邦的夜店內臥底。

她是為了完成某項任務而被找來這裡。

「緹雅，抱歉。」席薇亞對她說。

「沒關係。我本來就是為了擔任這種角色而存在。」

緹雅聳聳肩。

「妳要把蘭找出來喔。她現在應該正嚷嚷著『好寂寞是也』。」

「我完全可以想像得到。」

兩人輕輕擊掌後，席薇亞便離開盤問室。

取而代之進入盤問室的緹雅，則是雙手和脖子都被上了銬。鎖鏈從厚實的鐵製枷鎖延伸，連到盤問室的牆上。見到那幅景象，緹雅瞬間難受地咬了咬嘴唇，不過她隨即露出微笑，還「偶爾玩一下綑綁遊戲也不賴」地開了這樣的玩笑。

「確認無誤。」

亞梅莉心滿意足地點點頭。

「若是沒能在二十四小時內找到『浮雲』，我就會殺了人質。」

這便是亞梅莉所提出的條件。

——若想進行搜查，就把同伴交出來當作人質。

這麼做是為了防止克勞斯逃跑。只要克勞斯等人逃亡，或是表現出反抗的態度，人質就會沒命。

緹雅是人質。

她接受了這項危險的任務。

「你得和我們『貝里亞斯』一同進行搜查，這位客人。」

亞梅莉神情愉悅地說。

之後，自稱「蓮華人偶」的女性和自稱「自毀人偶」的少年也接著笑道。

「我們會幫忙支援的啦。」「你們只要安靜做事就好。」

「為了首領。」「為了首領。」

「「給我乖乖聽話吧，這位客人。」」

身穿哥德式服裝的女首領，以及兩名副官：穿著修道服的女性和頭戴大禮帽的少年。在他們身後的是十幾名黑衣人。

冷靜下來仔細一看，這才發現這個機關實在古怪。

——芬德聯邦的諜報機關，ＣＩＭ的防諜專門部隊「貝里亞斯」。

——迪恩共和國的諜報機關，對外情報室的新銳團隊「燈火」。

雙方即將展開聯合搜查。

目的是找出涉嫌暗殺皇太子的間諜「浮雲」蘭。

「抱歉啊，害事情變得這麼奇怪。」

席薇亞一邊將對方歸還的手槍藏進衣服裡，一邊來到克勞斯身旁。

「沒關係。既然搜查行動陷入了僵局，本來就有必要和ＣＩＭ接觸。」

克勞斯的口氣十分溫柔。

「我再說一遍，妳能夠忍到我趕來這裡才是真正了不起。」

「我已經習慣忍耐了。不過同樣的事情，我可不想再經歷第二次。」

克勞斯微微點頭。

「那就背負著椎心之痛，開始行動吧。」

說得也是，席薇亞喃喃地說。她們是為了替「鳳」報仇雪恨才來到這裡。

席薇亞拍拍克勞斯的肩膀，邁步向前。

背負著傷痛，「燈火」開始行動。

這是一場在芬德聯邦這塊土地上——為了追悼「鳳」而展開的戰鬥。

一走出脫衣間，冰涼的空氣瞬間撫過全身。

莎拉一邊用浴巾擦拭頭髮，一邊走向廚房。她從冰箱拿出牛奶瓶，慢慢地啜飲。雖然小狗強尼一臉很想喝的樣子，莎拉還是溫柔地規勸牠「會吃壞肚子喔」。

洗完澡要是不趕快把頭髮擦乾，自然捲會更加嚴重。

就在莎拉打算馬上去拿梳子時，客廳的景象映入眼簾。在狹小的公寓裡，很輕易就能知道同居人在做什麼。

「…………」

灰桃髮少女坐在沙發上。

「忘我」安妮特。她一副戴著大眼罩，將灰桃髮雜亂紮起的奇特模樣。平時吵鬧的她，如今卻安安靜靜地看著電視。

映像管電視正好在播放新聞節目。

『關於上個月，目標鎖定達林皇太子殿下的爆炸恐攻事件——』

畫面中，一名長相帥氣、肌肉發達的男人正在揮手。

他是達林皇太子。身為萊波特女王長子的他，未來有一天將會成為代表芬德聯邦所有國家的國王。

新聞首先從事件的梗概開始說起。

『達林殿下訪問國立物理研究中心當天，中心內發現了可疑包裹，包裹在職員觸碰之後爆炸，造成兩人喪命，十人重傷。警方當局正全力對犯人展開搜索——』

犯人至今尚未落網。

包括這個事實在內，整起事件成了撼動全國的大新聞。

新聞播報員代替國民發聲，表達對恐怖分子的憤怒，以及尚未捕獲犯人的不安。達林皇太子深受國民的愛戴。世界大戰結束後，皇太子總是親自參與外交活動，和世界各國建立起友好的關係。

『達林殿下在大學時代主修物理學，在校成績非常優秀。這次的訪問，是為了勉勵包括其同窗在內的國內研究者——』

之後便開始敘述包括他的個人檔案在內的內容。

莎拉有氣無力地低喃。

「……這個國家到底發生什麼事了？」

皇太子的性命遭受威脅，同胞喪失性命。

儘管不願意把這兩件事聯想在一起——

（好不安……）

心頭頓時一緊。

（這個國家……好可怕啊……）

比少女們優秀許多的「鳳」毀滅的這個事實，瞬間奪走莎拉的體溫。明明才剛洗好澡，全身卻隱隱發冷。

她不由得緊緊抱住自己的身體。

「本小姐！」安妮特突然出聲。「在意這位大叔！」

「咦？」

「心裡有種癢癢的感覺！」

安妮特始終盯著電視，她似乎對達林皇太子很感興趣。

莎拉不解地歪頭。

「什、什麼意思啊……？」

安妮特沒有回答，就只是目不轉睛地盯著螢幕。她的右眼究竟看見了什麼呢？

這時，莎拉注意到她手指間正在玩弄的東西。

（是蘭前輩的纏繞繩……）

安妮特一邊看電視，一邊玩著翻花繩。她所使用的是特製的細繩，質地柔韌而堅硬。那是「鳳」的成員，「浮雲」蘭過去所使用的武器。

莎拉大感意外。

（原來安妮特前輩也喜歡「鳳」嗎……？）

莎拉暗自回想。

回想自己和安妮特體驗過的蜜月。

◆◆◆

——蜜月第十天。

「燈火」和「鳳」雖然吵吵鬧鬧地展開了交流，然而之中卻存在著一個問題。

那就是安妮特和蘭的關係。

之前在龍沖，蘭曾經嘲笑安妮特是「小不點」，結果對自己的身高感到自卑的安妮特因此暴怒。她毫不留情地擊敗蘭，甚至將她脫到半裸、逼她下跪。

但儘管如此，安妮特好像還是沒有原諒蘭。

每次蘭只要來陽炎宮，安妮特就會馬上試圖逮住她，於是蘭使出全力逃跑，結果就因為這樣而不小心弄壞東西。她們兩人的關係讓「燈火」和「鳳」雙方都十分困擾。

因此到了蜜月第十天，雙方展開了協商。

在陽炎宮的客廳裡，某個人向莎拉和安妮特低頭請求。

「拜託妳，可以請妳原諒蘭了嗎？」

「鼓翼」裘兒。

她是一名將翡翠色頭髮往後綁成馬尾，臉上戴著大眼鏡的少女。裘兒在「鳳」裡面算是比較有常識的人，平時擔任協調的角色。

她一臉歉疚地對安妮特合掌央求。

「為什麼是裘兒前輩來拜託？」莎拉問道。

「如果由蘭直接開口，安妮特應該會立刻動手宰了她吧？」

「那麼，為什麼小妹也要在場？」

「……抱歉。因為我實在沒把握能夠和安妮特直接對話。」

裘兒臉上浮現疲倦的神情。看來她曾經試著對話，最後卻以失敗告終了。

安妮特在莎拉身旁鼓起臉頰。

「不管別人怎麼說，本小姐都不打算原諒她！」

她雙手抱胸，把臉轉向一旁。

裘兒一邊遞出烘焙點心，一邊微笑道「哎呀，不要這麼說嘛」。

好像是受到烘焙點心吸引了，只見安妮特「嗯？」地把臉轉回來。

眼見這招奏效，裘兒立刻接著說下去：

「嗯，其實她本人也有在深切反省，所以才會難得準備了人氣店家的餅乾來。她還說『敝人真的對安妮特大人說了非常失禮的話』。」

「嗯？那傢伙這麼說嗎？」

「是的。所以，能不能請妳跟她和好呢？」

裘兒這麼懇求。

莎拉也立刻開口：

「安妮特前輩，小妹也拜託妳了。」

莎拉將手放在她的手背上。

莎拉知道安妮特儘管孩子氣，有時還會做出過於激烈的舉動，但是絕對不是一個無情的人。

「……………………」

安妮特輪流注視莎拉的臉和遞到自己面前的餅乾，噘起嘴唇。

「妳聽我說，我也已經想好計畫了。」

裘兒喜孜孜地合掌說道。

「在距離這裡兩小時車程的地方，有一座美麗的瀑布。我想請妳們兩人去那裡和樂融融地握手言和。這麼一來，在瀑布上面待命的我們就會放下寫著『☆恭喜☆』的彩球，獻上祝福——」

「有機可乘是也————！」

「「咦？」」

忽然間，有人從天花板降落。

那是一名胭脂色頭髮、神情凜然的少女。

——「浮雲」蘭。

她無視錯愕的莎拉和裘兒，用從手指延伸而出的細繩捆住安妮特。細繩有如生物一般靈活地扭動，纏住安妮特的四肢。

在現身之前完全無聲無息。

「哈哈！這就是敝人的詐術——『隱密』是也！」

蘭巧妙地操控細繩，放聲大笑。

「與敝人的特技『綑綁』的結合！初見者是無法與之抗衡的！」

細繩已徹底束縛住安妮特。

從腳到脖子都完美地遭到綑綁。

「呃，那個……」

袭兒在一旁眉頭緊蹙。

「妳在做什麼，蘭？」

「抱歉騙了妳，袭兒姊姊。可是若不這麼做，就不可能抓到這個惡魔是也。」

「啊，嗯……」

「哎呀，那個冷到讓人不禁懷疑腦袋有毛病的和好計畫真是太精采了，連莎拉大人都聽到呆掉了呢。妳是故意提出那個品味差到極致的點子對吧？」

「……咦？品、品味很差？」

瞪大眼睛僵住之後，「……虧我還認真想了一個晚上。」袭兒垂下肩膀，沮喪地這麼說。隔著眼鏡鏡片望去，她的雙眼看起來是那麼地無神。

「好了！可惡的小不點！這下就算是妳也逃不了啦！」

反觀蘭則是心情大好。

她在被細繩纏滿全身的安妮特面前高聲大笑。

「做好心理準備是也！接下來是羞辱的時間！敝人要將至今所受的窩囊氣百倍奉還，一再地重複叫妳『小不點』——」

話語突然中斷。

從安妮特的衣服裡飛出來的刀刃砍斷了細繩。

「咦…………？」

「本小姐早就料到是這麼回事了！」

安妮特一搖晃身體，立刻就有大量的小刀和電鑽從裙子裡面掉落下來。

看來她早已事前準備好對策。

她撿起其中最大一把電鑽，開啟電源。看似能夠輕易貫穿人體的電鑽發出「嘰嘰嘰嘰嘰嘰嘰嘰」的巨大聲響，開始旋轉。

「咿！」蘭的表情頓時僵住。

「本小姐可沒有善良到願意饒妳第二次喔！」

「對不起是也～～～～！」

蘭開始逃跑，安妮特則握著電鑽開始追逐她。走廊上響起窗戶破裂的聲音，之後便傳來莫妮卡「不要老是搞破壞啦！」的怒吼聲。

客廳裡，只剩下莎拉和袤兒兩人。

「…………莎拉，真是對不起喔。」

「別這麼說……小妹不介意……」
只是被迫參與這場鬧劇的兩人。
「吶，莎拉。妳要是不嫌棄的話，要不要跟我成為好朋友呢？感覺我們挺相似的。」
裘兒用疲憊至極的表情這麼說。
「應該說，我無論在『燈火』還是『鳳』，都沒有其他聊得來的人……真的是……這些傢伙為什麼這麼麻煩啊……」
見到裘兒用可憐兮兮的眼神注視自己，莎拉實在不忍拒絕。

從那之後，莎拉和裘兒就經常聊天。話雖如此，其中卻有八成以上都是裘兒用疲憊的神情，「莎拉、莎拉，妳聽我說！」地抱怨同伴、大吐苦水。像是溫德和蘭都不聽我說話、畢克斯和法爾瑪老是擅自外出、搞不懂庫諾在想什麼，還有「燈火」的大家都嫌棄我「沒品味」之類的。
說起來，她在「鳳」裡面算是負責統整的角色。
「鳳」的成員自尊心都很強，而且直到上個月都沒有老大，然而彼此之間卻能夠互相合作，這一切都要歸功於她的手腕。
——接下許多苦差事、勤勉聰敏的「鳳」的頭腦。
「鼓翼」裘兒。

◆◆◆

安妮特不知喃喃說了什麼。

莎拉「咦？」地反問。她剛才只顧著沉思，沒有聽清楚。

儘管收到「鳳」毀滅的消息至今已過了好一段時間，莎拉的心依舊好痛。明知道現在不是沉浸在悲傷之中的時候，然而只要一個閃神，腦海中就會浮現出他們的笑容。

「是霧。」安妮特又重複了一遍。「霧變濃了耶！」

「咦？啊，就是啊。」

莎拉隨口附和。

望向窗外，街道上開始瀰漫起白色混濁的霧氣。

結果這時，安妮特忽然彈也似的站起來。

「本小姐出去一下！」

「咦？」

安妮特哼著歌，經過驚訝的莎拉身旁，手裡還一面玩著翻花繩。

現在時間已經超過深夜兩點。

安妮特臨去之際，一副興高采烈地對莎拉說：

「這是克勞斯大哥所下的密令！」

莎拉還來不及問密令的內容，她便衝出玄關，消失在霧氣之中。

◇◇◇

休羅的街道籠罩在濃濃的霧氣之中。

透過車窗望見的夜景，就像是被煙覆蓋一樣地白濁。

據說最近幾乎每晚都會產生濃霧。原因恐怕是空氣汙染吧。工廠燃燒的煤炭化為煙霧和煤煙，溶入空氣中。再加上柴油引擎車所排放的二氧化硫氣體滯留在地表附近，於是便形成遮蔽視野的大霧。

芬德聯邦是世界數一數二的工業大國。

「工業革命」掀起之後，首都休羅近郊蓋了好幾座大型工廠，讓這個國家在上個世紀甚至有著「世界工廠」之稱。雖然世界大戰令經濟衰退，世界工廠的稱號也因此讓給了其他大陸的穆札亞合眾國，不過如今依舊有許多工廠在首都近郊林立。

然而工業發達的同時，空氣汙染的問題卻也越趨嚴重。

休羅的霧又重又濃，而且很深。
尤其國會議事堂周邊每到晚上，便會覆蓋上幾乎伸手不見五指的濃霧。
「不過話說回來───」
坐在客車後座的席薇亞嘀咕。
「真沒想到休羅的霧會這麼濃。」
「「吵死人了。」」
回應聲同時從兩個方向傳來。
坐在席薇亞隔壁，身穿修道服、長相看似親切的女性───「蓮華人偶」。
在駕駛座上握著方向盤，穿戴黑色大禮帽和西裝的少年───「自毀人偶」。
他們是「貝里亞斯」的副官。兩人圍著席薇亞而坐，打算帶她去某個地方。此外還有另一台「貝里亞斯」的車子跟在後面。
「我沒有批評的意思啦。」
席薇亞搖搖手。
「只不過，在這麼濃的夜霧中開車，你們不會怕嗎？」
「我們已經習慣了啦。」「再說車速也很慢。」
「是喔。」

「這不是妳該擔心的事情。」「妳就算想趁著大霧逃走也是白費工夫。」

兩名副官默契十足地發言。

雖然年紀、性別都不相同，卻也不像是一對姊弟。毫無關係的兩人說起話來竟默契絕佳，實在讓人覺得詭異。

席薇亞將雙手枕在後腦勺，翹起腿來。

「好吧，既然安全那就好——」

這時，「咚！」的悶鈍聲響起。

車體搖晃，車子隨即緊急煞車。

「「「…………………………」」」

漫長的沉默。

雖然濃霧令視線不佳，不過總覺得剛才好像有什麼東西出現在前方。

「剛才是不是撞到東西了？」

「「不知道……」」

席薇亞發出哀號，兩名副官歪頭回應。

負責開車的少年——「自毀人偶」一度下車查看，結果他很快就回來報告「是行道樹的樹枝。大概是斷掉了吧」。「蓮華人偶」面無表情地嘟噥「那就好」，之後車子便彷彿沒事發生過般再次發動。

這兩人真是教人忐忑不安。

不久，車子在特雷寇河沿岸的建築物前停下。

「到了喔，這位客人。」「這裡是我們發現到的『鳳』的據點。」

在兩名副官的說明之下，席薇亞下了車。她摸了一下凹陷的引擎蓋後，進入那棟建築物中。

「鳳」的據點是名為單層公寓的集合住宅。

工業革命掀起後不久，首都休羅近郊開始有眾多機械工廠林立，讓休羅的人口有一段時期急速暴增。據說當時甚至得七八個人擠在狹小的房間裡，居住環境相當惡劣。那樣的情況在經過近百年之後雖有獲得改善，不過這棟建築依舊狹窄昏暗，充滿了灰塵味。

「鳳」的據點位在七層樓單層公寓的二樓邊間。

「這裡就是他們潛伏的地點……」席薇亞低喃。

打開房門。

裡面除了床和櫥櫃外什麼也沒有，幾乎是一間空房。

「私人物品已經都收走了。」

「蓮華人偶」這麼解釋。

「在客人妳看來，這裡有沒有什麼線索？請妳進行確認。」

席薇亞開始巡視房間。
可是根本沒有地方可以翻找。他們的所有物已被全數清空，整個房間也只有約莫一房一廳的大小。儘管如此，席薇亞還是姑且找了一下家具後方。
「嗯——這是？」
席薇亞把手伸進床底下之後，「叩！」的物品滾落聲響起。她抓起那個東西一瞧，原來是一支很粗的鋼筆。
「原來還有私人物品啊。」
「自毀人偶」走過來，迅速拿走那支筆。
「為謹慎起見，我要將它收走。」
「喂，我還沒確認——」
就在席薇亞嚷嚷著伸出手臂時。
兩人的影子同時有了動作。女性的影子先是纏也似的抓住席薇亞的手臂，少年的影子隨即纏住席薇亞的頸子。
飛快高超的技術。
席薇亞一轉眼就遭到壓制。
「這位客人——」「妳從剛才開始就好吵呢。」

語帶威脅的說話聲從左右傳來。

「————！」

身體遭到固定的席薇亞只能呻吟。

（這兩個傢伙果然不是泛泛之輩……！）

他們是和「操偶師」一同逮捕過許多間諜，守護自己國家的一流人才。想必也是在影子戰爭的第一線活躍的高手。

「妳我絕對不是盟友。這一點請別忘了。」「蓮華人偶」低語。

「殺死妳可以說一點都不費工夫喔。」「自毀人偶」接著說。

「亞梅莉大人已經從客人的舉動。」　「推測出妳的實力了。」

「三流水準。」　「貽笑大方的弱者。」

「妳過去曾打倒過間諜嗎？」　「應該沒有吧？」

「稍微擅長使用暴力的普通人。」　「受過暗殺訓練的普通人。」

「或許還得和好幾名同伴合作。」　「才總算能夠打倒一人。」

「妳能夠打贏的就只有那種程度。」　「——亞梅莉大人已經全都識破了。」

「換句話說在我們眼裡。」　「在身為一流的我們眼裡。」

「「妳只是微不足道的三流間諜。」」

席薇亞忍不住咂舌。

兩人在耳邊低喃的分析無疑是事實。

包括席薇亞在內，多數「燈火」的成員都不曾獨力打倒過敵方間諜。她們的實績只有好幾人一起打倒「屍」的徒弟，以及打倒受「紫蟻」控制的普通人。

席薇亞等人一次也沒有贏過在最前線作戰的間諜們，甚至還敗給了「鳳」。

可是真正令席薇亞驚訝的是——亞梅莉僅從短暫對話便識破這一點的分析能力。

這大概不是普通的推理吧。原理應該和克勞斯相同，是透過無數次經驗所鍛鍊出來的直覺超越邏輯，發掘出真相。

也難怪像「蓮華人偶」和「自毀人偶」這樣的高手願意為她效忠了。

「…………是喔。」

席薇亞無力地嘟噥後遭到釋放。

她就這麼一屁股坐在地板上。

結果鋼筆還是被搶走了。「這位客人的手腳不太乾淨。」「自毀人偶」這麼說完，便將鋼筆交給搭檔「蓮華人偶」。

她接過鋼筆後說了一句「我去和總部聯繫」，便轉身離開。

席薇亞嘆口氣，左右搖頭。

「妳很難過嗎？」「自毀人偶」問道。

「嗄？」

席薇亞抬頭仰望他。

少年摘下大禮帽，用手指轉個不停。

「我是問妳，失去同胞的心情有多難受。妳有難過到淚濕枕頭三天三夜嗎？他們之中有妳的戀人嗎？」

「……你怎麼突然這麼問？」

「雖然現在是敵對關係──不過等一切結束之後，我很願意聽妳訴苦喔。」

他重新戴好帽子。

「不過，我現在當然沒有那種餘裕。保護達林殿下才是首要任務。為此，妳得好好地努力工作才行。」

「……………………」

他究竟是抱著什麼樣的心情說出這番話？

（……………真搞不懂這些傢伙。）

儘管覺得一頭霧水，席薇亞還是姑且小聲應了句「知道了啦」。

就在這時，「蓮華人偶」回來了。

「我剛剛收到新的指令了。」

她先對搭檔「自毀人偶」耳語。他「原來如此」地點點頭，之後兩人便並肩望向席薇亞。

「這位客人，要執行下一個任務了。」

「自毀人偶」露出詭異的笑容。

「喔，什麼任務？只要是為了找到蘭——」

「——脫掉。」

「…………」

「「我叫妳——脫掉。」」

兩名副官說出令人意想不到的話。

「嗯嗯嗯嗯嗯？嗯？嗯嗯嗯嗯嗯嗯嗯嗯嗯嗯嗯嗯嗯嗯嗯嗯？」

◇◇◇

時間回溯到三十分鐘前——

克勞斯和亞梅莉也搭乘客車，前往芬德聯邦的郊外。兩人一同坐在後座，正視前方，視線沒有交集。

「我們的首要任務是守護達林皇太子殿下。」

亞梅莉語氣平淡地說。

「殿下的存在對這個國家而言就等於是太陽。凡是企圖危害達林殿下者，都必須立刻加以逮捕。這是我們的使命。」

克勞斯不以為然地回應。

「然後涉嫌殺害皇太子的人是『鳳』，也就是蘭嗎？」

「這是不可能的事。迪恩共和國沒有暗殺達林皇太子的動機。」

「既然如此，『鳳』為什麼要襲擊達林殿下？」

「這個前提本來就是錯的。妳把證據拿出來給我看看。」

「恕我拒絕。」

「……………算了。反正無論如何，我們都必須盡快找到蘭。幕後黑手另有其人。為了保護皇太子的人身安全，還是趕緊從她口中打聽出真相比較好。」

「你還真懂得利用臆測為自己開脫呢。」

「我有嗎？」

「算了，無所謂。總之，我要迅速將『浮雲』逮捕歸案——在她再次襲擊皇太子之前。」

亞梅莉冷冷地撂下這句話，一旁的克勞斯則是左右搖頭。

在兩人彼此刺探對方心思的同時，車子漸漸駛入山路。車子沿著斜坡而行一陣子，不久便來到一個開闊的場所。

在高聳到可以俯視首都的半山腰上，有一片經過整理的土地。平坦的土地上，蓋了一棟兩層樓的樸素建築，另外還擺了挖土機、起重機之類的重機械。

克勞斯開始說明：

「這裡原本好像是度假飯店的興建預定地。因為整地途中計畫中斷了，這塊地於是就被擱置了將近四年。那棟建築是施工時所蓋的管理小屋。」

亞梅莉一邊走下車，一邊佩服地說：

「沒想到居然會在這種杳無人煙的深山裡——」

「就是啊。」克勞斯表示贊同。「這裡是迪恩共和國的通訊室。」

亞梅莉率領約莫五名部下，進入管理小屋。

目的地是位於二樓角落的房間。穿過從前的辦公室後，面前出現一扇門。

門上了鎖。

克勞斯用身上的鑰匙開鎖。

小小的房間裡，擺了一台巨大的通訊器。從通訊器閃爍著紅燈來看，房內應該有通電。按下電燈開關，燈光立即照亮室內。

亞梅莉開口：

「『浮雲』就是在這裡發出最後的通訊嗎？」

「正是。」

殿後的克勞斯回答。

「蘭向信使送出『我以外的所有人皆遭殺害』的報告之後，就斷了音訊。後來好不容易掌握到的消息，就是你們抓到席薇亞的鐘錶店。」

亞梅莉的部下開始搜索通訊室。

在那段期間，亞梅莉與克勞斯寸步不離。她將雙手戴上手套，一邊觸碰通訊器，一邊疑惑地歪頭。

「…………沙子？不對，是麵包屑嗎……」

通訊器的表面撒了大量的麵包屑。

「然後是貼紙……？和『浮雲』的筆跡不一樣耶。」

通訊器前方貼了大大的一張紙。

上面寫著〈忍耐到最後一刻！〉。

亞梅莉皺起眉頭。

「這個愚蠢的標語是怎麼回事……？」

克勞斯「天曉得」地隨口附和。

「蘭是個古怪的傢伙。我猜不透她的想法。」

「…………」

亞梅莉繼續凝視著通訊器，動也不動。她叫部下搬來椅子，然後坐下來沉默不語。

克勞斯則在一旁定睛觀察眼前這名間諜。

連他也對「貝里亞斯」的情報幾乎一無所知。他們大概是最近才興起的團隊吧。自從紫蟻大鬧米塔里歐之後，間諜的情勢便瞬息萬變。

這名猶如魔女的哥德蘿莉女的實力究竟如何？

「好臭喔。」

亞梅莉開口。

「是排水溝的臭味嗎？不過，味道並沒有充斥管理小屋的各個角落。恐怕是有人頻繁進出，開門關門的關係吧。」

她望向克勞斯。

「你們有二十四小時監視這裡嗎？」

「沒有。畢竟這裡離市區很遠，再說我們也人手不足。」

「原來如此——從現在起，這間通訊室由『貝里亞斯』二十四小時進行監視。」

她從克勞斯手中搶走鑰匙，開始明快地對部下下達指示。

接著，她又再次撫摸通訊器的表面。

「對了，這位客人。關於『浮雲』的個人檔案——」

「沒問題，我可以簡單地告訴——」

「『浮雲』蘭，十六歲。個性豁達開朗，但輕率的言行引人注目。雖然膽小，內心卻有著堅定的信念，擅長以潛伏為主的祕密行動——以上是我個人的推測，應該沒有錯吧？」

「…………………………」

就連克勞斯也啞口無言。

亞梅莉的描述近乎完美。

「看來我說對了。」

亞梅莉心滿意足地點頭。

「『浮雲』正一邊提防周遭，一邊試圖和同胞接觸。她利用擅長的潛伏技術隱身，往來於通訊室和間諜聚集的場所——這就是我的判斷。」

「……真是精采。其實我也有相同的想法，只是成果不甚理想——」

「大概是差在對這個地方的了解程度吧。」

亞梅莉捏起掉在通訊室地板上，像是小垃圾的東西。

那是約莫一公分大小的紅色碎布。

「這是庫拉迪涅特公司出產的地毯，只有面積超過兩千平方公尺的豪宅才會採用這種材質。另外，上面的塗料是從七個月前開始使用的。只要仔細確認，應該就能篩選出『浮雲』可能出沒的場所。不過話說回來，就我所知只有一個地方符合條件。」

亞梅莉流暢地展開推理。

「『白鷺館』——『浮雲』應該有在那裡出沒。」

「…………………」

自顧自地說完，亞梅莉便離開通訊室。

克勞斯望著她的背影，做出評價。

——幾乎滿分。

「操偶師」亞梅莉，是暗中活躍於影子戰爭的一流高手。

「這位客人，我有一件工作要交給你們。」

「嗯？」

她對克勞斯投以詭異的微笑，同時渾身散發出嗜虐的氣息。

「我要你們瘋狂地舞蹈，這位客人。」

◇◇◇

「白鷺館」是資產家大衛・克里斯所擁有的宅邸。

靠著經營大工廠暴富——晉身所謂資產階級的他，有著每週末都要主辦派對的習慣。被稱為〈白鷺宴〉的活動儘管會費高昂，卻因為任誰都能參加，並且聚集了資產家、政治家、官僚等兩百名以上的成功人士而聞名。

其中最受人關注的是社交舞。在備有自助式立食餐點的大廳裡，參加者在管弦樂團的現場演奏聲中跳著華爾滋。

可別小看這只是普通的舞會了。

對參加者來說，這是一場試煉。

主辦人大衛・克里斯有句話是這麼說的。

——只要觀察一個人的舞姿，便能看出他的為人。

家世、能力、對他人的體貼，這些都能透過舞姿判斷出來。家境貧窮、僱不起舞蹈老師的人；沒有舞蹈才能的人；沒有人脈、遇不到好舞伴的人——可以將所有冒牌貨排除在外。

姑且不論這個理論是否正確，總之參加這場派對的人都是這麼想的。

無論是在工作上多麼能幹的商人，只要沒能跳好一支華爾滋，就會遭到他人冷笑，不被所有人當成一回事；相反的，即使是沒有任何實績的創業家，只要舞藝高超，就會得到「這個人有前途」的評價。

乍看優雅的〈白鷺宴〉，又被稱為是終極的社交圈。

「浮雲」蘭有出入〈白鷺宴〉的跡象。

就性質上而言，那是間諜容易聚集的活動。對於想和同胞會合的她來說應該相當適合。

今晚她說不定也會現身。

唯一令人擔心的是，對周遭心生警戒的蘭會巧妙地將自己隱藏起來，以致錯失碰面的機會。

為了消除這個擔憂，在「白鷺館」裡引人注目是最好的辦法。

這麼一來，方法就只有一個。

那就是在「白鷺館」裡舞出最優美的華爾滋！

——席薇亞接受了這番說明。

「……呃，我是明白現在的狀況啦。」

席薇亞喃喃地說。

眉頭緊蹙的她手裡拿著的，是「貝里亞斯」交給她的東西。

「可是就算如此！有必要準備這種布料少得可憐的衣服嗎？」

那是一襲深紅色的禮服。

攤開一看，整套禮服的設計相當大膽。背面的布料很少，大膽地讓背部裸露出來。前面的布料也讓人不太放心，就算正常穿著，恐怕也會讓鎖骨出來見客。裙子部分的紅色布料層層重疊，還加上了大大的開叉。

在大庭廣眾下穿這種玩意兒，根本就是蕩婦。

席薇亞試著表達自己的想法，可是據「蓮華人偶」所言，如果是參加派對就沒問題。

將禮服遞給席薇亞的「蓮華人偶」和「自毀人偶」不耐煩地說：

「別說那麼多了，快把衣服換上。」「想要吸引人注意，這是最好的辦法。」

「可是穿成這樣感覺很引人側目耶……」

「我們也會一起跳舞。」「從旁支援妳啦。」

語畢，他們便將席薇亞推進「貝里亞斯」的據點裡的一個房間。

那是一間空房。

裡面只排放了兩個小層架，什麼也沒有。

「我絕對饒不了你們。絕對，我是說真的。」

席薇亞忿忿不平地表示抗議，他們卻置若罔聞地關上門，還從外面上了鎖。
在派對開始之前，席薇亞似乎得一直在這裡待命。
房裡沒有窗戶，很難逃脫出去。角落則擺了一些餅乾和水。
（……話說回來，禮服到底要怎麼穿啊？）
除了禮服，他們也給了席薇亞束腰和胸墊，可是她卻想不太起來要怎麼使用。她雖然在培育學校裡面有學過，但是因為平常沒在使用，所以都忘得差不多了。
她一邊苦思一邊抬頭，結果和一個意想不到的人物對上眼。
是克勞斯。
他已經換裝完畢。一身純白襯衫搭配黑色外套、繫上黑色蝴蝶領結的裝扮，正在房間深處的立鏡前整理衣領。
「…………………」
席薇亞默默地瞪著他。
兩人會合了是很好，可是眼前出現了一個大問題。
「…………喂，他們命令我要在這裡換裝耶？」
「這樣啊，其實我也是剛剛才換好衣服。」
「出去啦。」

「辦不到。因為我被命令要在這裡待命到規定的時間。」

再重複一遍，空房裡只排放了兩個層架。

沒有任何可以遮蔽視線的東西。

「……我會遠離鏡子，轉向後方。妳就忍耐一下吧。」

「真的假的啊……」

席薇亞重重地垂下肩膀，用雙手捂住臉。

她沒打算向「貝里亞斯」要求提供新的更衣場所。這是一流間諜們活躍的第一線，這點小事應該要忍耐才對。

席薇亞放棄掙扎，開始更衣。

她隱約感覺得出來克勞斯的男性慾望很低。他從來不曾對席薇亞等人表現出慾望，雙方彼此有著深厚的信賴感。

——可是，席薇亞難免還是會感到抗拒。

她一面感受自己澎湃的心跳，開始褪去衣服。為以防萬一，她還轉頭查看了一下，卻見到克勞斯動也不動地站在那裡。儘管莫名感到不甘心，但是因為連她也不曉得自己希望克勞斯做出何種反應，於是便決定不再多想。

衣服的尺寸非常合身。

她一邊回想禮服的穿法，一邊讓肌膚穿過鮮紅色的絲緞。

然而就在套上禮服後，她注意到一件事。

「……吶，你過來一下。」

「什麼事？」

克勞斯倒退著走過來。

「呀！笨、笨蛋！太近了──」

「這個房間裡面裝了竊聽器，說話要小聲點。」

席薇亞搖搖發燙的臉、急忙跳開，反觀克勞斯則是極為冷靜。

席薇亞大口深呼吸，讓情緒平靜下來。

「不、不是啦，我不是要說任務的事情。」

席薇亞用一如往常的語氣說道。

「……你幫我把腰部的拉鍊拉上來。我自己沒辦法穿好。」

大概是為了讓衣服牢牢地貼合固定在身上吧，最後還有一道用來束緊禮服的拉鍊。

儘管感到抗拒，也只能讓背部見人。

「知道了。我要轉身嘍。」

克勞斯這麼說完才轉過身來。

席薇亞讓自己裸露的背部面向克勞斯。一想到背部的布料稀少，她不禁慌張地咬住嘴唇，停止思考。應該沒有連臀部也露出來才對。

「…………………」

克勞斯沒有立刻觸碰拉鍊。

席薇亞轉頭瞪著他。

「不要盯著看啦。」

「……說得也是，真是抱歉。」

見到他那副嚴肅的表情，席薇亞確定他心無邪念。

席薇亞微微轉動身體，讓自己的背部映在鏡子裡。沒有半點贅肉，纖細雪白的背部。可是在她的腰部下方，卻有一道乍看很難發現的淡淡痕跡。

「反正其他同伴也都知道。這是過去留下來的啦。」

——傷疤。

過去被刀子砍過的痕跡，至今仍殘留在席薇亞的腰間。

所幸，傷疤的位置正好可以用禮服遮住。

「我可以感受得到。」克勞斯低語。

「嗄？」

「暗藏在那道傷疤背後的，妳的勇氣與善良。雖然無法輕率地給予肯定，不過我很敬佩妳。」

「謝啦。不過，那種讚美方式你還是用在葛蕾特身上吧。」

席薇亞笑道。

克勞斯沉默不語。

他大概已經從培育學校的教官口中，得知「百鬼」這名間諜的來歷了。

殘暴黑幫的長女——這便是席薇亞的出身。

世界大戰結束後，在迪恩共和國的首都反覆掠奪的幫派集團。他們趁著國內情勢持續混亂，不惜連婦孺也攻擊，只為了中飽私囊。尤其集團首領簡直是殺人的天才，像在遊戲一般不斷殺害與自己敵對的人。

知曉當時情形的共和國的政治家烏維．阿佩爾，還曾經批評他是惡魔的後裔。

「……『食人族』。」

那是組織的名稱。

席薇亞露出自嘲的笑容。

「我過去生活在一個把暴力當成家常便飯的世界裡。雖然已經不記得是被誰砍了，不過能夠只留下這點疤也算是幸運吧。」

「…………」

「不是搶奪就是被搶奪，這就是我過去生存的環境。」

父親在席薇亞面前殺過人，父親的敵人則為了報仇，盯上了席薇亞和她的弟妹。不僅如此，席薇亞也曾遭到父親暴力相向。她生活在一個只要踏上街頭一步，就會只因為是小孩而遭人毆打的城市裡。

「那段過去……」克勞斯問道。「妳還沒告訴其他同伴嗎？」

「這又不是可以隨便拿出來閒聊的事情。」

席薇亞有些誇張地聳了聳肩。

——我大概會一輩子帶著這個傷疤活下去吧。

正當席薇亞這麼想時，克勞斯緩緩地把手伸向腰間的拉鍊。

「停。」席薇亞制止。

「怎麼了？」

她小聲地對神情疑惑的克勞斯說。

「稍微碰一下……那、那個，用你的手掌……」

克勞斯微微點頭，然後用手觸碰了傷疤的位置。他先是有些猶疑地用手指觸摸，一會兒才溫柔地將手掌覆蓋上去。

一股近似篝火的暖意徐徐傳來。

感覺還不賴。

「……妳還在捐款給孤兒院嗎？」

克勞斯以溫柔的語氣這麼問。

席薇亞揚起嘴角。

「是啊，我把成功報酬全都捐出去了。」

「還真大膽啊。」

「因為我懶得計算那麼多嘛。況且生活費是另外領的。」

「要是有困難，儘管跟我說。」

「我會的。不過，我暫時還是會繼續捐款。」

席薇亞臉上泛起微笑。

「因為那裡就像是我的故鄉一樣。孤兒院好心藏匿了我和弟弟、妹妹。我偶爾會閉上雙眼想像……想像弟弟、妹妹用我的捐款吃得飽飽的……想像他們開心地笑得像個傻瓜……就算見不到面，只要這麼想便已足夠……」

每當想像弟弟他們活力充沛的模樣，心中便洋溢著溫暖的感覺。

而那正是席薇亞的原動力。

「已經夠了……我不希望再有人從我身邊奪走任何東西。」

席薇亞的嘴唇顫抖。

那是她的肺腑之言。

是打從她被奪走一切的年幼時期開始，便一直懷抱著的心願。

可是，從她腦中閃過的卻是──「鳳」的成員們的遺體。

席薇亞指了指拉鍊，催促克勞斯拉上。他隨即鬆開席薇亞的腰，拉上拉鍊。禮服束緊，服貼地裹住身體。

她在鏡子前轉一圈，裙子輕盈地飛揚。

雖然一開始覺得不適合自己，現在卻覺得還挺有模有樣的。

「心意已決──我要為了被奪走的一切報仇雪恨。」

克勞斯只是簡短地回答一句「好極了」。

◇◇◇

經過五小時的等待之後，席薇亞二人被帶到了「白鷺館」。

那是一棟有如宮殿的巨大建築。從正門到玄關之間是一大片玫瑰園，開車要花三分鐘以上才能抵達。一進門，就見到幾十名傭人列隊迎接，兩人先在化妝室梳妝打扮，之後才被引領前往大廳。

那個巨大的挑高大廳，面積恐怕足以容納五座以上的網球場。天花板上的枝形吊燈閃閃發光，正面的舞台上則有管弦樂團，像在迎接席薇亞等人一般演奏樂曲。人們絡繹不絕地來到大廳，開始談天說笑。其中不僅有貴族和政治家，也有電影明星和喜劇演員的身影。

在靠近舞台的地方，備有多道自助立食式的美味佳餚。

這是靠著戰爭特需品發大財、獨占財富的資產家所舉辦的極盡豪奢的舞會。見了這樣的奢華場面，實在不難理解共產主義者渴望革命的心情。

晚上六點，管弦樂團的樂聲停止。

身為主賓的資產家大衛．克里斯發表了簡短的致詞。

之後便是各自自由吃喝享樂的時間。

但是，在這座宅邸裡最受矚目的還是舞蹈。

大廳中央有一個寬敞的空間，好幾對男女舞伴紛紛前往該處。像是在期待今晚的活動一般，資產家們的視線開始往那邊聚集。

席薇亞和克勞斯站在舞池中央。一組組舞伴面對面站立。

站在巨大枝形吊燈的正下方。

「果然有好多人在看，感覺好丟臉。」席薇亞嘀咕。

「妳只要跟從我的帶領就好。」克勞斯回應。

這時，說話聲從席薇亞的耳飾中傳出。

是藏在耳飾裡的收訊器所發出的聲音。

『有聽見嗎，這位客人？』

是亞梅莉的聲音

她似乎正在會場的某處看著席薇亞二人。

席薇亞輕輕觸碰耳飾。那是表示有聽見的訊號。

『我們現在正徹底對整個會場進行搜索，不過尚未發現「浮雲」的身影。』

「我想也是。畢竟她很擅長躲藏。」

『是啊，她大概是做了巧妙的變裝，或是使出高超的潛伏技術了吧。因此，現在是你們上場的時候了。』

「這樣啊。」

『——盡可能地引人注目，這位客人。把潛伏的蘭引誘出來。』

席薇亞聳聳肩膀。

「我們簡直跟釣餌一樣，真教人火大。」

「也只能忍耐了。在發現蘭之前，我們得耐心撐下去。」

克勞斯的表情也略顯不悅。只能聽命於其他機關的狀況，似乎對他造成了壓力。

『勸妳們最好不要小看這座宅邸喔。』

亞梅莉聽似困擾的語氣傳來。

『我先聲明一點，光憑一般的舞技要引人注意是不可能的。來自全國的創業家、落魄的資產家，今天也都懷著一舉翻身的希望，來到這座舞池。』

席薇亞悄悄瞥向四周正在待命的各組舞伴。

其中有不少身穿新訂製的筆挺西裝、一副氣勢洶洶的男性，以及因為極度緊張而滿臉通紅的女性。可能是已經習慣這種場面了吧，之中也有一對高挑的舞伴顯得神色自若。

——出席這場派對的資產家們，是透過舞藝來估量他人的能力。

這樣的做法乍看荒唐，實際上卻相當合理。

舞藝好的人大致可以分為三類：從小便接受菁英教育，出身名門的人；因為擁有大筆財富或豐富人脈，而能遇見優秀舞蹈老師的人；又或者是資質聰穎，能夠靠著自學進步的人。

因此，新加入的人格外受到矚目。

管弦樂團的指揮輕輕握起指揮棒。

聚集在舞池裡的各組舞伴互相行禮，然後搭上彼此的肩膀。

『跳舞需要兩人合而為一。即使「燎火」的帶領很完美，只要跟從的女性舞技拙劣，舞步照樣會亂掉。又或者是兩人的默契不佳也不行。』

亞梅莉地絮絮叨叨地說。

『沒有經過萬全準備就想跳出完美的華爾滋，是非常困難的一件事。』

席薇亞露出淺笑。

「你覺得如何？她好像很擔心我們之間的默契耶。」

「似乎是這樣沒錯。」

席薇亞朝克勞斯伸手。

「開玩笑的吧？」

「那當然。」

克勞斯牽起席薇亞的左手，將左手環在席薇亞的腰上。

指揮大大地揮舞指揮棒，小提琴樂手們同時開始演奏曲調慵懶的三拍子舞曲。

在悠揚的樂聲中，席薇亞和克勞斯，還有其他組舞伴開始移動步伐。

在舞池中逆時鐘行進的男男女女。參加者們單手拿著葡萄酒杯，望向舞池內超過二十組的男女，然而不久後，他們便像是受到吸引般將目光投向其中一組。

——是克勞斯和席薇亞。

『嗯……』

亞梅莉的語氣中混雜著驚嘆。

在那個當下，克勞斯二人無疑是最閃耀奪目的。

當然，他們兩人平時都沒有跳社交舞的嗜好。

克勞斯只曾經向名為「煽惑」海蒂的團隊成員學過入門舞步，席薇亞也只有在培育學校學過幾個小時。

可是他們擁有——超群的運動神經，以及徹底受過鍛鍊的身體能力。

席薇亞跟從克勞斯強而有力的帶領，一邊從腳趾到手指讓軀幹保持筆直延伸、一邊轉圈，然後在下個瞬間完美地停止。充滿緩急變化的優美舞姿。

兩人在觀眾期待的目光之下，英姿颯颯地往舞池中央移動——

「奇怪？」「嗯？」

下一刻，他們重重地摔了一跤。

◇◇◇

——〈白鷺宴〉的同一時刻。

「貝里亞斯」的據點，卡夏多人偶工坊籠罩在寂靜之中。大部分的成員都外出了，只剩下少數幾人默默地在查閱資料。他們攤開地圖，想要從之前的動向探查出「浮雲」的行蹤，空間裡只有翻動紙張的聲音不時響起。

在那座地下室裡，有一名少女正伺機偵察情報。

（……沒想到他們對成為人質的間諜還滿禮遇的。）

那人是緹雅。

成為人質的她，在單人牢房裡享用了茶點。

雖說是單人牢房，房內卻相當整潔，不但有桌椅，還備有可以打發時間的書本。到了傍晚，甚至還有附茶點的晚餐可以享用。雙手雖然被手銬束縛住，不過還是有足夠的活動空間可以將食物送進口中。

由於過去的某個經驗，緹雅對於人質只有不好的回憶。

可是「貝里亞斯」的態度非常紳士，並沒有對緹雅嚴刑拷打。他們就只是剝奪她的自由，沒有打算攻擊她的意思。

（既然如此，我或許可以貪心一點……）

她靜靜地盤算著。
若能稍微打探出「貝里亞斯」手中握有的情報，就算賺到了。
「不好意思～可以打擾一下嗎？」
緹雅鼓起勇氣，朝著單人牢房外呼喚。
單人牢房外，只有一名男守衛板著臉坐在那裡。那是一名戴眼鏡，神情嚴肅的青年。
「…………什麼事？」他不耐煩地問道。
「可以請你幫我拿濕毛巾來嗎？我熱到滿身是汗了。夜晚雖然涼爽，可是這個地下室裡面很溫暖。」
「…………」
「另外我還有個不情之請，那就是如果你願意幫我擦汗就太好了。因為我的兩隻手繞不到背部。」
緹雅扭動身體，盡可能堆起嬌媚的微笑。
可是男人的反應卻很冷淡。
「我先把話說在前頭。」
「……嗯？」
「妳現在之所以還能活命，都是拜『燎火』所賜。因為加害妳，然後和那個男人為敵太麻煩了。要不是有他，我們早就對妳嚴刑拷打了。」

「哎呀，這是在威脅我嗎？你可真沒耐心耶。」

「很可惜，這種顯而易見的挑釁對我無效。」

他將頭轉向一旁，一副不打算再理會緹雅的樣子，對提出要求的緹雅看也不看一眼。

儘管只是沒能繼續交談下去，緹雅心中卻有種挫敗感。

（果然無機可乘啊……）

緹雅雖然還沒拿出真本事，不過對方似乎不是輕易就會被色誘上鉤的人。緹雅不打算隨便挑戰防諜部隊。

他的威脅起了效果——緹雅現在不過是勉強保住一條命罷了。

微妙的平衡所帶來的均衡。

假使他們改變心意，輕易就能奪走緹雅的性命。刺探情報也有可能會惹來殺身之禍。即使現在安然無事，也無法保證今後還能活命。

緹雅無意識地抿緊嘴唇。

「……真可憐啊。」

男守衛喃喃地說。

「………………居然為了愚蠢的同胞墮落淪為恐怖分子而勞心傷神。」

這句話應該不是故意說給緹雅聽的。而是男人憐憫緹雅，發自內心最純粹的感想。

正因為如此，他的話反而刺激了緹雅的心。

（愚蠢？這個男人到底在說什麼？）

火熱澎湃的情感從身體深處湧現，讓緹雅不得不強忍住想要反駁的衝動。就算自己被瞧不起也無所謂，但如果是他們就另當別論。

置身在性命岌岌可危的環境中，緹雅回想起某位女性。

「羽琴」法爾瑪——「鳳」之中和緹雅格外親近的女性。

◇◇◇

——蜜月第十六天。

開始交流的兩個星期後，雙方都變得不再有所顧忌。

訓練結束時，「鳳」的成員突然開口這麼說。

「今天法爾瑪這幾個女生要留下來過夜喔。」

「「「回去啦！」」」

那是任由亂髮生長、體型微胖的女性——「羽琴」法爾瑪的發言。

她還有蘭、裘兒這幾名「鳳」的女性成員，一如既往地無視「燈火」的主張，自顧自地成群上了二樓。她們一找到空臥室便發出「喔喔」的歡呼聲，開始放下各自的行李。

已經無從阻止了。

於是，當天的晚餐和洗澡時間，吵鬧程度是平常的五倍。

到了晚上，裘兒提出「要不要徹夜玩接龍？」這個沒品味的主意，蘭又被安妮特追著到處跑，法爾瑪則是對愛爾娜下手，想把她當成抱枕。

法爾瑪來到緹雅的寢室拜訪，是在已經過了午夜的時候。

「緹雅、葛蕾特，我們來聊戀愛八卦吧～」

她一臉興沖沖地這麼說。

腋下則夾著筋疲力竭、已經睡著的愛爾娜。愛爾娜似乎最終沒能逃出法爾瑪的魔掌，就這麼接受自己將成為抱枕的命運，沉沉地睡去。

「妳好歹敲個門吧。」

「…………好自由奔放的個性。」

緹雅和另一人正巧也來到這間寢室拜訪、渾身散發玻璃工藝品般縹渺氣息的紅髮鮑勃頭少女——「愛娘」葛蕾特雙雙皺起了臉。

法爾瑪坐在床上，將睡著的愛爾娜擱在自己大腿上。

緹雅坐在床上遠離她的位置，葛蕾特則坐在椅子上。
「我是不討厭聊戀愛方面的話題啦……」
緹雅拋出話題。
「不過『鳳』的實際情況是如何？你們是男女混合的團隊，彼此之間有產生情愫嗎？」
「我也很好奇……尤其是間諜之間的戀情……」
葛蕾特露出熾熱的眼神。對克勞斯懷抱男女之情的她，想必對於這個話題很感興趣吧。
法爾瑪用手指抵著下巴。
「情愫也不是沒有，只是感覺發展不下去耶～」
「是喔。」「原來如此……」
「比方像畢克斯雖然長得很帥氣，但法爾瑪就是沒辦法真的喜歡上自己的同伴～因為我不想把事情弄得很複雜呀。況且，對方心裡應該也有相同的想法吧。」
緹雅和葛蕾特神情投入地點頭附和。
她們兩人平時身處封閉的組織裡，外來的戀愛話題對她們來說充滿刺激。
法爾瑪一臉淘氣地接著說。
「跟敵人談戀愛反而更令法爾瑪感到興奮呢～」
「――咦……」

「舉例來說，我們不是會在外國潛入危險的組織嗎？我好嚮往跟那裡面的男性幹部親近喔。」

「呃，那麼做風險會不會太高了？」緹雅這麼規勸。

「可是我就是克制不了自己的慾望嘛。嗯，來實踐看看好了。」

她從床上站起身，當場轉了一圈。

「代號『羽琴』——腐敗墮落的時間到了喔？」

她看起來並沒有做什麼特別的事情。

可是——氣氛卻徹底產生了變化。

心跳加速。全身上下冒出涔涔汗水。眼睛好乾，過了一會兒才發現自己連眨眼都變得不太順暢。明明動彈不得，本能卻清楚地發出警訊。

簡單來說，就是整個人莫名變得非常不安。

「感覺心緒不寧對吧？」

法爾瑪興高采烈地笑道。

「這只是一點心理誘導的小技巧啦。法爾瑪喜歡透過舉手投足讓男人感到不安，進而對我產生依賴～沒錯，這樣最令法爾瑪興奮了～」
她若無其事地講出離譜的話。
法爾瑪在臉上堆起詭異的笑容。
「在一旦失誤就會當場喪命、充滿刺激感的敵營裡，迸發出愛與情慾的火花，是很讓人興奮的一件事喔。」
眼眸深處流露出瘋狂的愉悅。
之後，她像在窺視緹雅二人的反應般注視著她們。
「……………………………………………………」
漫長的沉默。
緹雅因為讀不出她真正的心思而感到困惑。
這時，法爾瑪忽然興沖沖地拍手說「啊，對了！」。
「機會難得，我們所有成員來開超下流的淫穢話題大會吧！」
法爾瑪把躺在自己大腿上的愛爾娜放在一旁，衝出房間。
被留下來的緹雅和葛蕾特一臉茫然。
「……她真是個忠於慾望的人啊。」「……實在是太坦率了。」
除此之外不知道該說什麼。

自那之後，法爾瑪便頻繁地在陽炎宮過夜，為少女們帶來困擾。

總歸一句話，她是一名人際距離感很近的間諜。老是不分場合對別人摟摟抱抱，無論什麼樣的私人空間都會冒冒失失地闖進來。

現在冷靜地回想起來，那可能是因為她對自己的能力有絕對的自信吧。

利用呼吸、說話聲、手指的擺動方式、脖子的彎曲動作、所有的節奏、時間點、距離感，來動搖對方的情緒。光是身處在眼前，就能操弄對方的心。

大膽無畏、善於籠絡的心理操控者。

——「羽琴」法爾瑪。

◇◇◇

（……她真是個怪人。）

看似穩重大方，卻擁有「鳳」之中最激進的能力。

不同於和敵人建構友好關係的緹雅，她的技術是讓對方迷戀自己，藉此建立起由她占主導地位的合作關係。

因此有許多地方值得學習。

緹雅重新讓注意力回到單人牢房。鉅細靡遺地觀察之後，她緩緩閉上雙眼，將手放在耳朵旁，仔細聆聽。

她隨即就察覺到變化。

——走廊傳來的腳步聲變少了。

——「貝里亞斯」大部分的人都不在。

做出這樣的分析之後，緹雅吸了口氣。

（能夠動手的時機果然只有現在……！）

在敵營收集情報當然是非常高風險的行為，況且她剛剛才被男守衛警告過。對於心靈脆弱的自己是否承受得了，緹雅充滿不安。她不適合做這種事情。

——享受敵營。

——伴隨著澎湃激昂的心跳，讓情慾迸發吧。

「吶，我可以再提出一個要求嗎？」

緹雅對走廊外喊道。

「我想去洗手間……我緊張到想上廁所了。」

「…………沒辦法忍嗎？」

回應聲很快便傳來。男守衛的語氣聽起來十分不耐煩。

緹雅笑著回答：

「說來丟臉，不過好像忍不了耶。假使我的老大回來後見到我的衣服髒兮兮，屆時恐怕會出現一些沒有根據的傳聞。你應該也不希望發生那種事情吧？」

沉默降臨。

不久，單人牢房的門開啟，一名身穿黑衣的女性走了進來。神情嚴肅的她年約二十多歲，應該是「貝里亞斯」的一員。

「由我來為妳帶路，這位客人。」

她動作俐落地解開緹雅的手銬，然後銬上另一副手銬和腰繩。她似乎打算在移動過程中束縛緹雅的身體。考慮到緹雅的人質身分，會有這樣的措施也是理所當然。

緹雅開朗地微笑。

「由女性來護送是嗎？太好了，如果是男人的話還真教人不好意思呢。」

「畢竟要是發生問題就麻煩了。」

女性用平板的語氣回答。

「像妳這麼美麗的女性，想必會有男性為妳著迷。這是首領的指示。」

「這樣的判斷非常明智。我學到一課了。」

「首領是我們尊敬的對象。」

女性說完便立刻噤聲。

像在表明自己不會透露多餘的情報一般。

（…………果然很難攻破呢。）

緹雅沿著走廊前進一面思考。

這名女性和剛才的守衛一樣戒心很強。因為對方不是男性，色誘的難度又變得更高了。

（——不過，只要對方是人就有辦法可行。）

緹雅嘻嘻一笑，刻意露出成熟的笑容。

「這樣會不會造成反效果啊？」

「咦？」

「因為妳——喜歡女人對吧？」

對方神情錯愕地轉身，注視著緹雅。

臉上滿是驚訝的表情。

緹雅則是對她投以從容的微笑。

「妳為什麼這麼說……？」

「我看得出來喔。妳應該也在無意間察覺到這一點了吧？」

這是謊言。

緹雅沒有瞬間看透人心的能力。

她只是從女性對亞梅莉的敬意推測出來而已。

但是，這樣就好。即使沒有根據，只要趁虛而入就好。只要說出對方意想不到的話，讓她目瞪口呆、將注意力擺在自己身上就好。只要讓對方對自信滿滿地斷言的小女孩產生動搖就好。

因為，緹雅擁有能夠看穿凝視對象心思的能力。

（代號「夢語」——迷惑摧毀的時間到了。）

在內心暗自低語後，緹雅朝女性走近一步，並且像對待親密友人一般投以燦笑。

「我們到廁所聊一會兒吧。」

「咦？呃，妳在說什麼……？」女性害羞地低下頭。

「這也算是某種緣分吧。我感覺我們應該能夠相處融洽。」

緹雅伸出戴著手銬的雙手，撫摸她的臉頰。

一旦解讀出對方的心思，緹雅便不曾籠絡失敗過。

◇◇◇

此時「白鷺館」內，正在上演館史上最差勁的舞蹈。

「席薇亞，要像受傷的天鵝忍受痛楚、引頸仰望明月一般。」

「那種指示誰聽得懂啊啊啊啊啊啊啊！」

「接下來，是有如右邊的左邊。」

「夠了喔，你是故意講得讓人很難理解對吧！」

下達的指示比平時抽象十倍的克勞斯。

以及，對此公然破口大罵的席薇亞。

大廳內圍觀的群眾只能茫然地注視。他們心裡只有一個想法。

（（（（好像有一組奇怪的舞伴混進來了……））））

滿心困惑。

這組舞伴剛開場時感覺十分完美，豈料在重摔之後就開始變調了。

一般而言，跳得這麼差的舞伴通常都會被趕出去。

但奇怪的是，這兩人都是非常優秀的舞者。每個動作都讓人感受到身體經過徹底鍛鍊，巧妙的緩急變化顯然不是外行人所辦得到的。

——可是，雙方卻彼此格格不入。

——兩人的想法完全不合。

由於兩人想去的方向、移動步伐的時間點不一致，以致他們不時相撞、跌倒。

如此奇葩的舞蹈實在太罕見，教人完全不知該作何反應。

最後，兩人同時大大地失去平衡——

「嗯？」「啊。」「「你、你們兩個！」」

席薇亞和克勞斯這一組，重重撞上了在旁邊跳舞的「自毀人偶」和「蓮華人偶」這一組。

他們四人撞成一團，衝向附近的桌子。

桌巾被扯動，盛裝料理的盤子倒了下來。

席薇亞為了自保而伸出的手臂和「蓮華人偶」的身體相撞，克勞斯的背部則撞上「自毀人偶」。四人就這麼狼狽地滾到桌子底下。

『……引人注意這個最初的目的姑且算是達成了。』

通訊器中傳來亞梅莉錯愕的說話聲。

『原來如此。世界最強的間諜……你只要拿出真本事，就任誰也跟不上你啊。』

儘管身處這樣的狀況，她依舊冷靜地分析。

席薇亞一邊拍掉落在自己肩上的串烤料理，一邊從桌子底下爬出來。然後，她瞪著一臉茫然地掀起桌巾的「蓮華人偶」。

「交換！」席薇亞大吼。

「咦……？」

「我受不了了！換妳來跟我家老大跳！」

從現實層面來看，再這樣下去恐怕會被趕出去。

席薇亞朝目瞪口呆的「蓮華人偶」背部用力一推。

「蓮華人偶」原本還驚訝到啞口無言，但是不久亞梅莉便下達『跳吧』的指示。『燎火，你可要手下留情。你要是敢傷了我的部下，我絕對饒不了你。』

「知道了。」

克勞斯牽起「蓮華人偶」的手，回到舞池中。他沒有像剛才那麼強硬地帶領，而是緩慢地舞動。在他的凝視下，「蓮華人偶」一臉難為情地紅了臉頰。

朝他們一瞥後，席薇亞前往休息室。

那是設置在大廳旁、用來整理服裝儀容的房間，所幸此時裡面空無一人。休息室內雜亂地擺了大桌子和椅子。

席薇亞用手猛搧發紅的臉，坐在椅子上。

「感覺超丟臉的！」

「就是啊，真的是出了好大的糗。」

應聲的是身穿正裝的少年「自毀人偶」。

他似乎負責監視，緊跟在席薇亞身後而來。

「那麼引人注目的舞蹈恐怕是空前絕後吧。你們的舞姿讓人笑聲不斷，非常有魅力喔。」

「你是在挖苦我嗎？」

就在席薇亞朝少年怒瞪時，休息室的門開啟，一名身穿哥德蘿莉服的女性走了進來。是亞梅莉。這位綽號「操偶師」的間諜，似乎即使來到這種場合也不會改變穿著。

「——表現滿分呢，小女孩。」

亞梅莉開口。

席薇亞聳聳肩膀。

「我已經被妳的部下挖苦過了。所以呢，有找到蘭嗎？」

「完全沒有。」

「嗄？」

「當所有觀眾把注意力放在慘摔的妳身上那一刻，我們確認了那群觀眾——可是，裡面沒有任何人做出特別的反應。」

亞梅莉一臉無趣地搖搖手。

「派對沒有出現大問題，平安順利地進行著……如果硬要說有什麼狀況，大概就只有工作人員慌張地說『出現料理小偷了』吧。」

「料理小偷？」

「聽說料理連同盤子一起消失了。」

「什麼跟什麼啊。那是蘭幹的嗎？」

「如果是的話就有趣了。不過嘛，我想應該不可能吧。」

似乎出現相當豪邁的小偷了。

「回歸正題吧。」亞梅莉接著說。

「總之答案只有一個——『浮雲』不在『白鷺館』裡。預測落空了呢。」

「那我豈不是白跳了？」

「沒必要那麼悲觀。只不過，我們有必要重新檢視前提。」

亞梅莉在席薇亞身旁的椅子坐下。

「自毀人偶」立刻從擺在房間一隅的茶壺中，倒了杯紅茶給她。

「席薇亞小姐……我有件事想問身為『浮雲』的朋友的妳。」

「朋友…………」

「說起來，蘭小姐真的想跟『燈火』會合嗎？」

席薇亞皺起眉頭。

「呃，蘭她當然想跟我們……」

「真的嗎？可是她超過三星期沒有出現在你們面前耶？」

「………………」

「假使她有意那麼做，應該早就跟你們會合了吧。至少在『白鷺館』裡，要找到席薇亞小姐妳是很容易的事。妳們會錯過真的只是因為運氣不好嗎？」

席薇亞交抱雙臂，一陣沉吟。

「她會不會是受了重傷，無法動彈呢？」席薇亞做出假設。

「這一點不可能。昨晚鐘錶店裡，遺留下了疑似是『浮雲』的頭髮和指紋。至少到昨晚為止，她肯定有足以開槍的行動能力。」

「……………說得也是。」

「恐怕是分析錯誤了吧——我和燎火雙方都是。」

席薇亞反射性地心想這不可能。

克勞斯超群的直覺不可能出錯。亞梅莉初次見面就看穿席薇亞實力的觀察力同樣出眾非凡。

——對於一再逃過他們兩人法眼的「浮雲」蘭，究竟該怎麼解釋她的行為呢？

正當席薇亞苦思時，亞梅莉喃喃地說。

「殺死『鳳』所有成員的人說不定是『浮雲』。」

「什麼？」

席薇亞瞠目結舌。

她從沒想過這種荒唐的謬論。

「怎麼可能有那種——」

「這個推測反而才合乎情理吧？這樣就能解釋為何『鳳』會毀滅，以及她沒有和『燈火』會合的原因。」

「等、等等，她不可能會做那種事情……」

「妳的想法太天真了。醜陋悲慘的背叛在這個世界可是多如牛毛。」

「…………！」

在亞梅莉冰冷的目光注視下，席薇亞語塞了。

這時，休息室的門開啟，一名禮服打扮的女性跑了進來。原以為她是其他參加者，結果就見到她對亞梅莉耳語不知說了什麼。看來她似乎是經過喬裝的「貝里亞斯」的部下。

亞梅莉揚起嘴角。

「來得正好。妳現在馬上跟我來一趟。」

「啊……」

「我讓妳看個有趣的東西。」

「自毀人偶」拉開椅子，亞梅莉站起身。不知不覺間，她的右手已握著一根指揮棒。

席薇亞心中升起一股不祥的預感。

◇◇◇

小提琴的樂聲依舊悠揚。

儘管席薇亞等人大鬧了一場，不過後來舞會似乎仍持續進行下去。

亞梅莉帶著七名部下來到屋外，繞著宅邸而行。雖然照理說不可能沒有警衛，但是一路上卻都沒有遇到。大概是被引開了吧。

「『蓮華人偶』還在跳舞嗎？」帶頭的亞梅莉詢問。

她所信賴的副官現在只有少年一人。

「即使沒有她也不成問題喔，首領。」「自毀人偶」志得意滿地回答。

「喔，這話聽了真教人放心。」

「『蓮華人偶』因為能夠和帥哥跳舞，整個人都樂昏頭了，真是不成體統。不如我們把她開除吧。」

「哎呀，這實在令人傷腦筋耶。」

這番空洞的對話，讓席薇亞不禁眉頭深鎖。

「喂，你們到底要帶我去——」

「我有說過這個『白鷺館』所舉辦的派對，是間諜容易聚集的場合吧？」

亞梅莉停下腳步。

此時，一行人正好來到建築物的後側。受到庭院裡茂密的樹木阻擋，無法看清前方的景象。

「聽說發現加爾迦多帝國的間諜了。多麼令人哀傷的一件事啊。」

亞梅莉以感覺不出哀傷的語調這麼說。

「自毀人偶」說了句「來，這個賞妳用。」，將望遠鏡遞給席薇亞。

席薇亞將頭從樹隙間探出去。

建築物的後方有露臺，幾名男女正在露臺上吹著晚風。他們大概是想遠離派對的喧囂，在那裡休息吧。男男女女將酒杯放在身旁談天的景象，莫名營造出一種淫靡的氛圍。

「呃…………」

「是從右邊數來第五扇窗戶的男女。」

即使被這麼告知，席薇亞一時還是滿頭霧水。

那兩人乍看是一對生活富裕的中年夫婦。不管怎麼看，都只是來參加這場派對的普通人，不像是間諜。

然而看在亞梅莉等人眼裡，他們似乎是會侵蝕這個國家的情報員。

「那兩人和蘭有關嗎？」

「很遺憾的，他們恐怕是基於其他動機潛入這裡。雖然沒辦法說明詳情，不過我的部下發現他們在密談要如何掌握這場派對的參加者，也就是軍事相關人士的弱點。」

看樣子，是和搜索蘭完全不相干的事情。

席薇亞不解地說：

「……可是他們看起來不太像是加爾迦多帝國的人。」

「他們是芬德聯邦的國民。是拋棄愛國心，墮落成為仇視國王的反叛者的叛徒。」

亞梅莉高舉指揮棒。

「——【九十六號劇目】、【六十五號劇目】、【一號劇目】。」

「貝里亞斯」的部下開始攀爬建築物。

露臺上聚集了約莫九名男女。一瞬間，融洽交談的他們將視線移向夜空。

天空中升起了煙火。

在此同時，四名「貝里亞斯」的部下從屋頂下降，抓住目標的男女。

聲音大概被煙火的炸裂聲掩蓋了吧。但是，那讓周圍其他人渾然不覺、在幾秒鐘內將人擄獲的手法，已經堪稱達到出神入化的境界。他們一人摀住目標的嘴巴，接著另一人抓起雙腿，將目標從露臺上摔下去。

落地時，一名部下用膝蓋抵住女人的頸子，壓向地面。

骨頭的碎裂聲和煙火的聲音同時響起。

「咦……」

「只要有一個人接受拷問就夠了。」

那名頸椎恐怕斷了的女性動也不動，當場死亡。

至於她的男搭檔則還在抵抗。他被從露臺上摔下來時掙脫了束縛，企圖逃進後院的樹木間。

「——【九十五號劇目】。」

亞梅莉揮舞指揮棒。

「你要是以為自己逃得出首領的手掌心——」

彷彿早就料到一般，「自毀人偶」早已移動到男人前方，手裡還握著巨大的鐵鎚。

「——那就膚淺得可笑了。」

好幾道悶鈍的聲音響起。

「自毀人偶」似乎在短時間內打了男人好幾下。不久，他揪住跪地的男人的衣領，朝亞梅莉拖過來。

當煙火結束施放時，「貝里亞斯」所有人都已經躲到建築物後方。

露臺上的人們絲毫沒有察覺發生了什麼事，正熱烈地交換對煙火的感想。好像連剛才在旁邊的男女消失了都不曉得。

「…………………………」

高超的手法令席薇亞愕然失語。

沒一會兒，「自毀人偶」將他逮住的男人拖到亞梅莉面前。他像是一頭獵犬在炫耀自己捕捉到的獵物般，露出得意洋洋的表情。

男人雖然還有意識，卻已是全身無力、四肢癱軟。

亞梅莉解說道。

「『自毀人偶』以完全沒有傷及內臟的力道打斷了肋骨，如此巧妙的技術真是太了不起了。雖然只要稍微動一下，骨頭的碎片就會刺進肉裡，產生劇痛。」

男人之所以沒有抵抗，好像是因為骨頭斷了的緣故。

「妳本來也會遭到刑求喔。要是沒有『燎火』在的話。」

亞梅莉語帶威脅地說。

被帶到亞梅莉面前的男人，乍看是個無辜的善良市民。就連他略為飽滿的啤酒肚，也讓人感覺他是一個性格沉穩的人。給人一種平時在城裡的餐廳工作的印象。

「幸會。」亞梅莉微笑。「我是ＣＩＭ的人。只要這麼說，應該就不需要多加說明了吧？」

「原、原諒我…………」

一聽到ＣＩＭ這個詞，男人就一切都懂了。

芬德聯邦的諜報機關的名號，似乎已成為國民畏懼的對象。

「……我會全部說出來……無論是同夥的情報，還是所有的一切……我都願意說。」

「把他帶到據點去，交給拷問組處理。」

亞梅莉語氣不屑地說。

部下拿東西堵住他的嘴後，將他和女人的遺體一起裝進巨大的包包裡。男人扭動身體反抗，卻好像因為斷掉的骨頭刺進肉裡而痛得哇哇大叫。

亞梅莉目送他們離去。

「那個男人徹底背叛了自己人。」

站在一旁的席薇亞瞪著她。

「…………妳到底想說什麼？」

「人是會輕易就背叛祖國和同伴的。」亞梅莉低聲回答。「『浮雲』蘭恐怕也是一樣。」

這似乎就是她讓席薇亞目睹逮捕現場的原因。

又或者是為了威脅她。她也許是想在席薇亞面前展現實力、動搖席薇亞的心，然後趁機打探情報吧。

席薇亞的恐懼心理確實受到了煽動。他們輕易就殺死了自己的國民。

這不是席薇亞第一次目擊殺人現場。身處暴力環境的年幼時期，以及生活在間諜世界裡的這十個月。「鳳」也為了達成使命，殺死了龍沖的黑幫。

但是，「貝里亞斯」殺害的是他們本來應該保護的人。

「……你們怎麼有辦法做到這種地步？他們不是你們國家的人民嗎？」

「保護國王的這個理由超越所有倫理。」

「國王……？」

「絕對正義。」亞梅莉果斷地說。「我們永遠都是正確無誤。」

她的語氣嚴厲，散發出一股不容質疑的壓力。

那大概是她持續守護芬德聯邦的自豪吧。圍繞在亞梅莉身旁瞪視席薇亞的部下們，每個人眼中也都充滿著火熱的使命感。

「好了，小女孩。妳這下應該明白自己該以何種立場來面對我們了吧？妳要是還有事情隱瞞我們——」

「首領。」

新的部下急忙跑來。

「貝里亞斯」的成員一副掃興地看著他。但是，見到那男人蒼白的臉色，所有人都語塞了。

「發生不得了的大事了。」

男人語氣愕然。

「就在剛才——達林皇太子殿下遭到暗殺了。」

在場所有人無不倒吸一口氣。

席薇亞也一句話都說不出來。

彷彿時間凍結一般，每個人都僵在原地。

對「貝里亞斯」來說，那是絕對不允許出現的死訊。因為他們所做的一切都是為了保護那個人。

「這不是真的吧…………？」

亞梅莉無力地呻吟。

◇◇◇

震驚世界的消息一下子便傳了開來。

達林皇太子據說是在結束訪問國防省的研究所返回宮殿之際，在走下公務車時遭人以步槍狙擊。好比穿過針孔般準確的射擊，穿越特勤人員們的層層防護，貫穿皇太子的頭部。

達林皇太子的周邊除了「貝里亞斯」外還有許多防諜團隊，負責保護他的人身安全，然而卻任誰也阻止不了這場暗殺行動。

不可能會有這種事，席薇亞直覺地這麼想。

首先，暗殺皇太子恐怕沒有任何好處。

這是會與軍事力量排名世界第二的芬德聯邦為敵的行為，恐怖分子不可能從中獲得相應的利益。芬德聯邦的國民雖然會悲痛欲絕、一時陷入混亂之中，但那應該也只是短時間的事情。除非是瘋狂的革命家，否則應該不會有人那麼做。

實行犯無疑已成為全世界的敵人。

席薇亞一時間無法相信這則消息。「貝里亞斯」的成員們恐怕也有相同的感受吧。

在搭乘「貝里亞斯」的車子前往現場的路上，誰也沒有開口。

抵達位於首都休羅的宮殿後，只見那裡儘管已是深夜時分，依舊聚集了大批人潮。當地警方實施交通管制，限制人員的移動。一般百姓雖然被禁止靠近，不過這則死訊想必遲早會傳遍全世界吧。

宮殿的出入口處留下了斑斑血跡。

染紅地面的鮮血剛好是一人份。遺體已經不在現場。

警察和似乎是CIM相關人士的人們發出怒吼，在現場來來回回地穿梭。他們為了逮捕開槍的狙擊手，正在拚命進行搜索。

亞梅莉粗魯地揪住席薇亞和克勞斯的衣領，讓他們站在現場。

「…………達林皇太子殿下就是在這裡遭到殺害。」

亞梅莉以尖銳的口吻說道。

「兩位客人，開始找吧。」

「呃，就算妳這麼說……」

席薇亞眉頭緊蹙。

即使見了空蕩蕩的殺人現場，席薇亞也什麼都做不了。畢竟遺體已經被移到別處了。

「給我找！你們這兩隻沒用的狗！」

亞梅莉破口大罵。

她難得這麼大聲說話。粗暴的口吻，讓人直接感受到她心中強烈的情緒。

——「貝里亞斯」的任務失敗了。

他們沒能抓到暗殺皇太子未遂事件的嫌犯，也沒能阻止暗殺。當然，這並不只是「貝里亞斯」的責任，而是芬德聯邦的諜報機關ＣＩＭ全體的失敗。

「可以請妳不要亂遷怒嗎？」

克勞斯一臉遺憾地搖頭。

「……這裡沒有蘭下手的痕跡。給我看看你們收押的證據，這麼做或許會有所幫助。」

「你要我給你看那麼重要的機密？」

亞梅莉堅決拒絕。

不僅如此，她還一副不服地咂舌。

「…………殺死達林殿下的是迪恩共和國的子彈。」

「我想也是。可是，光憑這樣還是不能證明是蘭下的手。」

「難道有其他嫌犯？」

「找出嫌犯是你們的工作。」

「…………！」

「我再重複一遍，蘭不可能和暗殺一事有關。」

「……把你知道的一切全部吐出來，要不然我就殺了人質。」

「我已經把能說的都說了。妳打算怎麼做？要繼續搜索嗎？接下來我們該做什麼才好？還是說，妳想抱著和我互相殘殺的覺悟，對人質嚴刑拷打？」
克勞斯用憐憫的眼神望著她。
亞梅莉鬆開席薇亞二人的衣領。
「——回去吧。」
「咦……」
「你們待在這裡只會礙事。另外我也會釋放人質，反正就憑你們也抓不到『浮雲』。」
亞梅莉的聲音漸漸發起抖來。
「……我以前曾經有幸見過達林殿下……殿下連對我這種生活在陰影中的人也願意微笑以待。他是我們必須守護的光芒。在漫長的世界大戰中，他始終為我們所有人帶來希望……保護他是我的使命……」
她用手指遮住雙眼。
水滴從指縫間溢出。
「達林皇太子殿下…………！」
她跪在濕漉漉的地面上，放聲哭泣。
席薇亞原以為她是個猶如機械般沒有感情的人，但如今看來絕非如此。就像是摘下鋼鐵面具一樣，此刻的她就只是一名不停啜泣的普通女性。

克勞斯拍拍席薇亞的肩膀。

「走吧，這裡沒有我們能做的事情了。」

說得也是，席薇亞回應。

她們接下來想必會不間斷地尋找狙擊手，席薇亞二人留下來只會礙事。

「請回答我一個問題。」

背後傳來說話聲。

回過頭，只見亞梅莉雙眼紅腫。

「你們究竟是敵人？還是我們的盟友？」

「是盟友。」克勞斯回答。「我們無意與芬德聯邦為敵。」

「既然如此，那你們就快點找到『浮雲』，把她帶來見我。」

「見到她之後，妳打算怎麼做？」

「對她嚴刑拷打，然後殺了她。」

亞梅莉淚濕的雙眼開始浮現憤怒之情。

「你們要是敢包庇『浮雲』——我們ＣＩＭ將全力擊潰迪恩共和國。」

克勞斯沒有做出任何回應。

◇◇◇

世界開始扭曲。

漆黑的惡意又將讓人們失去一份希望。

◇◇◇

晚上開始下起的雨用力拍打著窗戶。

天氣預報說這場雨將會在深夜停止，然而看起來卻不像是那麼回事。像是要沖刷洗滌整座城市的大雨，讓房間響起啪噠啪噠的聲音。

「…………呢。」

愛爾娜正在廚房裡煮牛奶湯。頭上頂著冰袋的她一邊巧妙地保持平衡，手裡一邊握著木鏟。

「煮了好多呢。好像有點太多了呢。」

她不時攪拌放了大量奶油、麵粉、香料蔬菜和培根的鍋子。為了試味道，她將一些湯裝進小碟子裡吹了好幾口氣，小心翼翼地把湯吹涼。

然而咬了一口蔬菜之後，愛爾娜不由得嘆氣。

「………不一樣呢。」

吃起來確實有熟。蔬菜也是特別選了新鮮的。

但就是有哪裡不對勁。

（庫諾先生的蔬菜要好吃多了呢……）

愛爾娜閉上雙眼，思考究竟是哪裡不一樣。

◆◆◆

——蜜月第二十四天。

這時，「鳳」和「燈火」之間的交流已相當密切。

尤其這個時期「燈火」也已結束休假，開始積極投入國內的防諜任務。儘管每當任務卡關，很多時候即使向克勞斯尋求建議也得不到解決，然而這時「鳳」總會助她們一臂之力。「燈火」的少女雖然覺得不甘心，不過確實只要遵照他們的建議，任務都能順利地進行。

於是，交流在公私兩方面都逐漸深化。

然而卻也因此更顯突兀——也就是完全不和「燈火」交流的那名「鳳」的成員。

那人大致上都只待在排放於院子一端的盆栽前。

「……………………是，結果了。」

「凱風」庫諾。

戴著詭異面具的壯漢。

這名身軀龐大像頭熊的男人，從不和「燈火」的少女們碰面，總是默默地替蔬菜澆水、把肥料混進土壤裡。

——那個男人為什麼要擅自在院子裡種菜？

——他造訪陽炎宮的目的究竟是什麼？

滿腹疑惑的少女們問了溫德和畢克斯這兩位「鳳」的男性，他們卻只有回答「我哪知道」、「好神祕喔♪」。看來他們的關係相當疏遠。

就是因為這樣，導致「燈火」的少女不時就在觀察這名可疑人物。

這一天，暗中注視庫諾的人是百合和愛爾娜。她們躲在暗處，想要刺探庫諾有沒有什麼不良企圖。

「可是話說回來，一般人會在別人的院子裡種菜嗎？」百合這麼說。

「需要小心呢。不能以常識來推測『鳳』的言行呢。」愛爾娜回應。

庫諾蹲在盆栽前，用他龐大的背影面向這邊。

兩人竊竊私語。

「好可疑。他剛才把蟲子塞進我的花裡了。」

「百合姊姊，妳有種花呢？」

「有啊，只不過主要是有毒的花。不容易入手的品種我會自己種。」

「好認真呢。」

「所以我把庫諾先生的蔬菜視為對手！」

「噓！那麼大聲說不定會被對方聽見呢。」

庫諾轉身。

「…………不，我聽見了。妳們太吵鬧了……」

「「！」」

用低沉的語調對兩人說。

因為再躲下去也只會丟臉，於是百合「啊哈哈～」地發出敷衍的笑聲，走上前去。怕生的愛爾娜也努力跟在後面。

「我就開門見山地問了。」

百合站在他面前。

「你為什麼不像『鳳』的其他人一樣來糾纏我們呢？」

「……因為這樣比較適合我。」

庫諾微微點頭。

「……我是溫德和畢克斯的影子……沒必要引人注意。只要隱身在黑暗中，直到最後就好……我以『鳳』的成員身分來這裡……只是為了盡義務……」

他說的每一個字都沉重無比。

「……我不要引人注目比較好。」

語氣中似乎摻雜了豁達的心態。

兩名少女感受到他堅定的決心。溫德和畢克斯確實格外優秀，然而和那麼出色的兩人在一起，有時或許也會讓人感到自卑吧。

愛爾娜和百合同時屏息。

「難道說……」「那是你身為間諜的信念？」

「……因為我是個害羞的人。」

「「好爛的理由！」」

兩人忍不住大吼。

但是，之後愛爾娜也「不過愛爾娜懂呢！」地表示同意。

庫諾隔著面具注視愛爾娜。這兩個怕生的人似乎心意相通。

「……妳不一樣。」

「呢？」愛爾娜不解地歪頭。

「……沒有血緣關係……卻有相似之處……既然這樣……就讓妳看看我的技術吧……」

庫諾攤開雙手。

「代號『凱風』——吼叫隱藏的時間……」

他的兩手中握著細細的橡膠管，那兩條管子分別延伸到位於他左右兩旁種了蔬菜的盆栽裡。

就好比小雞從蛋殼中孵化的瞬間，當表面的土壤產生裂痕的那一刻，管線和蔬菜一起從土裡冒了出來。

管子起火。

火焰圍繞著百合和愛爾娜，熊熊燃燒。

少女們完全沒發現庫諾在盆栽裡動了那樣的手腳。橡膠管裡大概有油流過吧。

「……這個世界對我來說太耀眼了……」

望著竄入空中的火焰，庫諾說道。

「……充滿了令扭曲的我窒息的事物……但是看啊，正因為如此……隱藏到最後一刻……施放升空的火焰才顯得格外美麗……唯獨這個焰色才是我的靈魂……」

抬頭仰望的他，面具和皮膚之間產生了縫隙。而從那細小縫隙間隱約顯露出來的，是好比年幼孩子般熠熠發光的天真表情。

火焰很快就消失了。

掉落在地面上的蕪菁和紅蘿蔔散發出香氣。

「……剛才瓢蟲停在花上面。那是益蟲……我在燒死牠之前將牠移開……」

庫諾撿起燒焦的蕪菁，稍微把皮剝掉。

大概是被強大的火力瞬間蒸熟了，色澤水嫩的蕪菁果肉顯露出來。

「……這是烤蔬菜。只要剝皮就能吃……我的同伴給妳們添麻煩了。請把這些也轉交給其他人……」

庫諾將那些蔬菜裝進竹簍，遞給愛爾娜。

他細心栽種的蕪菁和紅蘿蔔比市售品大上許多，而且品質優良。一看就知道吃起來很甜。

百合驚訝地張大嘴巴。

「你該不會是為了這個，才在這裡待了將近一個月吧？」

「…………是。」

「太老實了呢！」

愛爾娜大喊。

庫諾不是幾乎每天都會和「燈火」接觸的人。

仔細想想，他的感覺大概異於常人吧。就好比「燈火」裡的安妮特，他同樣是以常人所無法理解的思維在行事。從火焰覆蓋天空的那瞬間，他那副聽來陶醉不已的語氣，也能窺見他危險的本性。

可是在「燈火」的少女面前，他卻隱藏自己的本性，以溫柔長者的面貌和她們相處。

穿梭在本能與理性之間的技術者——「凱風」庫諾。

◆◆◆

愛爾娜才關掉爐火，敲門聲隨即響起。

兩次大聲，一次小聲，然後又一次大聲。

這是事先決定好的暗號。門外那人似乎未被跟蹤，平安無事地回來了。愛爾娜馬上開門，結果見到席薇亞滿臉疲倦地站在那裡。

「席薇亞姊姊！」

她「嗨，我回來了」地揮揮手。好像是被大雨淋過，只見她的衣服濕淋淋的，水珠滴滴答答地落在地板上。

「辛苦妳了呢。」愛爾娜這麼說，一面把毛巾遞給她。

「謝謝……嗯？」

席薇亞一邊擦頭髮，一邊疑惑地問。

「妳的頭怎麼了？怎麼在冰敷？」

「只是稍微撞到了呢。」愛爾娜扶著放在頭上的冰袋。「沒事呢。先不說這些了，席薇亞姊姊才——」

「啊，我也沒事啦，我只是想稍微讓腦袋冷靜下來而已。」

「呢？」

「因為發生了不少令人感到衝擊的事情。」

席薇亞脫掉吸了大量雨水的衣服，僅穿著貼身衣物坐在暖爐椅上，烘乾濕透的衣服。

席薇亞簡潔講述了之前發生的事情。

遭到名為「貝里亞斯」的組織逮捕，「鳳」被懷疑涉嫌暗殺皇太子未遂，以及為了搜索蘭到處奔波。後來在名為「白鷺館」的地方跳了華爾滋，卻突然收到達林皇太子的死訊。

愛爾娜目瞪口呆。

雖然有好多地方都令她驚訝，不過最讓人震驚的還是最後的內容。

「達林皇太子被殺死了呢……？」

「是啊。老實說，這整件事情充滿了謎團，實在讓人想不通。」

「……全世界都會驚天動地呢。」

「而且那個嫌犯是蘭──是自己人這件事，也讓人完全笑不出來。」

她用苦惱的表情喃喃地說。

席薇亞說得沒錯，這次有太多謎團了。

──「鳳」為何會毀滅？

──為何「貝里亞斯」會把「鳳」當成暗殺皇太子未遂的犯人追捕？

──還有，最後暗殺皇太子的犯人究竟是誰？

──皇太子為什麼會遭到殺害？

席薇亞搔了搔頭。

「不管怎樣，現在也只能慢慢整理情報呢。」愛爾娜說。

「就是啊。」席薇亞也點頭贊同。「不過我餓了，我想先吃飯。」

「愛爾娜剛煮好呢。對了，老師人呢？」

「他說要去『貝里亞斯』的據點接緹雅。我想應該就快回來了。」

「……既然如此，就不能只穿內衣呢。」

「知道啦。我才不會讓他一天之內見到我這副模樣好幾次哩。」

「好幾次？妳已經讓他見過了呢？」

「！沒、沒什麼，剛才只是一時口誤！妳就忘了吧！」

「呢！請不要戳愛爾娜的臉頰呢！」

「好了，那我先去沖個澡。」

「也對呢，還是讓身體暖和起來比較好呢。」

「要不然這樣下去可能會感冒。」

「說得一點都沒錯是也。」

新的說話聲加入。

轉身望去，只見剛洗好澡的蘭站在那裡。

「快點去沖澡是也。健康很重要喔，席薇亞大人。」

「貝里亞斯」拚命搜索的少女——「浮雲」蘭這麼笑道。

席薇亞沖完澡之後，吃了愛爾娜幫忙做的晚餐。一將放了大量豆子、洋蔥和培根的牛奶湯送入口中，她便情不自禁地嘆息。將麵包撕碎浸在湯中也十分美味。

似乎是受到誘人的香氣吸引，蘭和愛爾娜也坐上餐桌。尤其蘭好像肚子非常餓，只見她抓起和席薇亞相同分量的麵包啃著。

「所以呢？情況如何是也？」

蘭一副心情很好地問道。

「實際和『貝里亞斯』接觸之後，有接近真相了是也？」

「我反倒想問妳今天一整天都在做什麼？」

「睡午覺是也。」

「真羨慕妳這麼無憂無慮。」

「有什麼辦法嘛。因為敝人必須隱藏身分，沒辦法外出是也。」

蘭大大地伸了個懶腰。看來她真的睡了很久。

席薇亞對一臉悠哉的少女說。

「妳涉嫌暗殺達林皇太子未遂喔。」

「嗄？」

蘭怪聲驚呼。

席薇亞接著說下去。

「不對，不是未遂，他剛才真的遭到暗殺了。而且，頭號嫌犯也是妳。」

「嗄啊啊啊啊啊啊啊啊啊啊啊啊啊啊啊啊啊啊啊啊？」

錯愕的蘭把手撐在桌上，探身向前。

「莫名其妙是也！這是怎麼一回事啊？」

她嚷嚷一會兒後，抓起電視的遙控器。

在一陣宛如沙塵暴的畫面之後，螢幕上出現新聞頻道。新聞正在反覆播放達林皇太子遭到暗殺的緊急跑馬燈字幕。

「呀嗚！」

蘭仰天哀號。

「無法理解是也！無法理解是也！」

蘭邊哀號邊在地上打滾。大概是出乎意料的情報接連出現，讓她的腦容量不堪負荷吧。

正當席薇亞對她視若無睹時，忽然聽見咚咚咚的腳步聲傳來。
隨後就見到一名臉上掛滿厭惡表情的少女衝了過來。是莫妮卡。
「吵死人啦啊啊啊啊啊啊啊啊啊啊啊啊啊！」
「咕呼！」
衝進房間的莫妮卡縱身一躍，展現漂亮的前空翻之後，對蘭的腹部使出一記強而有力的腳跟落下踢擊。
「妳到底有沒有自覺啊？妳是絕對不能被人找到的身分耶！」
莫妮卡一臉不耐煩地雙手抱胸。
蘭按著腹部，痛苦得翻來覆去。
「這、這樣對待傷患太殘忍了是也！」
「既然如此就不要亂叫。因為妳是絕對不能被發現的人。」
「知、知道是也～」
「……接下來只要稍有不慎，隨時都有可能喪命。妳下次要是再忘了規矩，小心挨揍。」
「真是毫不留情是也……」
聽到莫妮卡口氣嚴肅地這麼說，蘭看似傷腦筋地垂下眉毛。
席薇亞忍不住望著你一言我一語的兩人。

「呢？」愛爾娜拿著湯匙，出聲關切。

「沒什麼，只是有點感慨。」席薇亞撓撓鼻子。

蘭的笑容讓她感慨萬千。剛會合時，她的表情和現在截然不同。那是彷彿體會過世上所有絕望滋味的悲痛神情。

——現在的蘭，身上依舊纏著許多繃帶。

席薇亞靜靜地閉上眼睛。

然後回溯時光。

回到得知「鳳」毀滅後深陷絕望的當時。

◇◇◇

得知「鳳」毀滅後，「燈火」隨即使出發前往芬德聯邦。

甚至無暇流淚，身體就這麼自己動了起來。少女們無法接受事實。一心期待著是報告書出了差錯，只要抵達芬德聯邦，溫德就會迎上前來，「妳們這群笨女人，我怎麼可能會死呢？」說這種討人厭的話。

在少女們心中，「鳳」一直是比自己優秀的存在。

就連見到從報社偷來的照片時，她們也認為這肯定是經過加工的圖片。

她們終於能夠面對現實，是在和蘭會合的時候。

蘭像死了一樣，倒在深山的通訊室裡。也沒有更換纏在腹部上滲血的繃帶，雙眼死氣沉沉。從她蒼白的膚色，可以看出她也沒有好好進食。

後來才知道，她在團隊毀滅後，便一步也沒有外出。沒能和共和國的信使會合的她，就這麼被當成下落不明處置。

「莫名其妙……」

只有嘴唇微微動了動。

不是以往那種開玩笑似的「是也」語調。

少女們不知道該對她說什麼才好。

「蘭，發生什麼事了？」

克勞斯跪在她身旁。

「慢慢來就好，請妳告訴我。莎拉，妳來握住她的手。」

受到指名，莎拉蹲在她旁邊，用雙手握住她傷痕累累的手。

蘭一個字、一個字緩緩地說。

「……事情發生在五天前。深夜兩點，某人闖進我們的據點開槍。敵人總共有十人以上。雖然畢克斯破壞牆壁、幫忙大家逃出室外，可是四周早已遭到包圍……」

話一度中斷。

蘭神情痛苦地倒抽一口氣。

「首先是庫諾為了保護同伴，被敵人擲過來的手榴彈炸死。後來，溫德放棄讓全員生還，指示其他人逃走，於是法爾瑪幫忙吸引敵人的注意，裘兒則趁機將我推落河中……」

「…………」

「我被沖到下游，存活下來……卻因為受傷昏了過去……等我醒來時，才透過附近的收音機得知同伴們全都死了……」

話語再次中斷。

蘭的身體開始微微顫抖。她的口中先是發出微弱呻吟，隨後便響起喉嚨彷彿要撕裂一般的慘叫。

「啊…………啊啊…………嗚……啊啊啊啊啊啊啊啊啊啊啊啊啊！」

蘭大喊著鬆開莎拉的手，衝出通訊室。然而，她才剛到走廊上便絆了一跤，頭朝下地倒在地上。

嘔吐物從口中流出，幾乎都是胃液。

臉上沾滿胃液的她，繼續聲嘶力竭地叫喊。

「對不起……！溫德大哥！庫諾大哥！我什麼也做不到……！枉費你們幫助大家逃生！結果卻……卻只有我活下來！袭兒姊！法爾瑪姊！還有畢克斯哥！我沒能拯救他們任何一人！對不起！對不起！對不起啊啊啊啊！」

深沉的懺悔。

蘭一次又一次地對同伴道歉。不顧整張臉布滿淚水和鼻水，不停地呼喊同伴的名字。

對一個還只有十七歲的少女來說，這樣的現實太難以忍受了。

「緹雅。」

克勞斯開口。

「妳來照顧她。拜託妳了。」

擁有讀心術的緹雅簡短應了一聲「好」，便攙扶起蘭的身體，帶她到其他房間。

即使已看不見蘭的身影，她的哭聲依舊不絕於耳。

「無論何時，同胞的死總是令人煎熬。」

克勞斯的說話聲空虛地響起。

然後，他將視線望向少女們。

「——妳們也有相同的感受，對吧？」

沉默。

在場七名少女誰也沒能出聲。她們豎耳聆聽從遠處傳來的蘭的哭聲，各自做出不同的反應。

席薇亞的眼中噙滿淚水，一臉不甘心地握緊拳頭。葛蕾特閉上眼睛，低下頭來。莫妮卡雖然面不改色，卻靜靜地不斷讓手指互相摩擦。莎拉撲簌簌地流淚，渾身發抖。安妮特張大嘴巴，仰望著天花板。愛爾娜雙眼紅腫，像在祈禱般雙手交握。百合則像是已經做好某種心理準備似的，定睛注視克勞斯。

不得不接受這就是現實。

「燈火」潛入芬德聯邦後，第一件事就是和當地警方接觸，確認「鳳」的遺體。在特雷寇河沿岸被發現，迪恩共和國的旅客接連離奇死亡的事件——

警方拍下他們的遺體，也記錄了驗屍結果。

——「飛禽」溫德死亡。身上有多處砍傷，並且濺滿他人的鮮血。

——「翔破」畢克斯死亡。抱著法爾瑪保護她，中彈身亡。

——「鼓翼」裘兒死亡。脖子被奇特的刀具劃破。

——「羽琴」法爾瑪死亡。死在畢克斯懷中，同樣遭到槍殺。

——「凱風」庫諾死亡。下半身被炸彈炸得血肉模糊。

他們的死亡報告無疑是真的。

「我們的工作只有一個。」
唯獨克勞斯以不帶私情的語氣說道。
「就是查出是誰殺了『鳳』的成員們。那群人不可原諒。」
七名少女同時點頭。
百合喃喃地說。
「敵人究竟是誰……？」
「首先得從弄清楚這一點開始。」
克勞斯叫了葛蕾特的名字。
聽到自己的名字，紅髮少女往前走了一步。
「猶如從雲縫間灑落的光線一般，設下巧妙的圈套。」
「……敵人對『鳳』進行了完美的襲擊，看來應該是有經過縝密的調查。既然如此，敵人想必也會發現有一人存活下來，如今說不定正在追查那人的下落。」
她流暢地回答。
「把『浮雲』蘭當成誘餌，引誘『襲擊者』上鉤——老大的意思是這樣嗎？」
「——好極了。」
克勞斯滿意地點頭。

「具體計畫就交給妳去構思，務必要在整個芬德聯邦布下圈套。緹雅就暫時讓她專心照顧蘭。葛蕾特，拜託妳了。」

「……明白了。我一定會努力打倒仇人。」

葛蕾特在胸前握緊拳頭，神情嚴肅地說。

之後少女們馬上就想離開通訊室。為了替「鳳」報仇，她們所有人都想立刻展開行動。

但是，有個聲音挽留了大家。

「在那之前，可以先聽我說句話嗎？」

是百合。

她不知為何將手往上高舉。

「我想，這次的戰鬥應該會非常嚴酷。畢竟連比我們要強太多的『鳳』都……」

百合屏住氣息沒有繼續說下去，然後突然發出「喝咿沙！」的怪聲。

不顧愣住的成員們，她一度衝出通訊室，隨後就見到她硬是拉著蘭和緹雅的手回來。

然後——

「喝咿！呀喝伊！喝、喝咿！」

她一邊發出和現場氣氛不搭調的超嗨吆喝聲，一邊拉起其他少女們的手，和其他少女們牽在一起。

——有什麼東西開始了。

就在所有人啞然無言的同時，包括克勞斯在內的所有人都牽起手，形成一個大大的圓。

百合在圓的中央轉了一圈。

「笑容！」

之後將手指抵在臉頰上，露出微笑。

在所有人一頭霧水的氣氛中，她也加入同伴的圓，和兩人手牽手。

「這是怎樣……？」克勞斯終於開口吐槽。

「圍成圓圈，互相打氣？」

百合笑答。

「約好嘍，我們每個人都要活下來。我們不會再有人死去，會全員一起回去陽炎宮。請大家發誓一定要做到這一點。」

聽了那句話，好幾名少女面露苦笑。這太像是百合的作風了。無論何時她總是保持笑容，不放棄激勵周遭的人們。

她的言行舉止沒有間諜的樣子，反倒像個女學生。簡直就像在參加社團活動一樣。

但是，她的話語卻預示著前路將有多麼艱險。

所有人都很清楚——接下來自己將投身危險之中。

她們必須在菁英們喪命之地，接續完成那件任務，挑戰不折不扣的不可能任務。

克勞斯也頷首。

「這樣的約定乍看幼稚——」

「什麼！」

「卻也非常重要。我也來說吧。我們約好了——所有人都要活著回去。」

在他的話語聲中，所有人緊握彼此相連的手。

每個人都期待這個約定能夠實現。

少女們花了兩星期的時間，到處精心設下圈套。

她們像要挑釁似的，故意讓蘭引起騷動。在芬德聯邦各地引發開槍事件，並且用她的筆跡在牆上寫下字句。

在反覆這麼做的過程中，「燈火」逐漸掌握到了目標。

——執拗地對「浮雲」展開搜索的組織。

克勞斯也和派去CIM臥底的雙面間諜接觸，收集了情報。間諜一向很少互相往來，對於同伴的了解可說是微乎其微，不過某個機關的名字仍慢慢地浮現出來。

據說，有某個高層直轄的機關正在追捕「浮雲」這名間諜。
然後——挑釁行為第四次，襲擊鐘錶店的夜晚來臨了。
在三更半夜、空無一人的菲列德大道上，出現兩名間諜的身影。
用面具遮住下半張臉，隱藏身影的莫妮卡。
以及，任憑纏滿全身的繃帶隨夜風飄揚的蘭。
「那麼，這次就從這裡開始是也。」
蘭撬開鐘錶店的後門，輕而易舉地入侵內部。
重逢之初，這名少女始終以淚洗面，不過多虧緹雅的開導，她現在已經能夠展露笑容了。儘管因為受了傷無法行動自如，但是已經能夠發揮身為菁英的優秀技術。
莫妮卡跟在她後面，進到鐘錶店內。
確認店內有好幾面鏡子。
「在下會在這裡引起騷動。」
莫妮卡解說道。
「然後拍下聚集在這裡的人們。其中若是有攻擊『鳳』的人就成功了。」
「知道是也。」蘭這麼回應。
這正是挑釁行為的目的。把倖存的蘭當成誘餌，利用莫妮卡的特技「偷拍」將聚集而來的人們全部拍攝下來。

莫妮卡從店內打開正門後，便打開鏡頭蓋，走出店外。

「好了，妳快寫些像是犯罪聲明的句子。在下要在這段期間動手腳。」

「動手腳？」

「在下要讓路燈像是快壞掉一樣閃爍。這麼一來，就能掩飾相機的閃光燈了。」

莫妮卡的手裡有好幾樣工具。

蘭立刻回答：

「敝人已經決定好要寫什麼了是也。」

她從懷中取出噴霧罐，開始在鐘錶店的牆上大大地塗鴉。用狂野高調的紅色刻上那段文字。

【吾等乃不死之國的復仇者
熱情燃燒吧　為復活迷醉吧】

莫妮卡露出疑惑的表情。

「這是什麼？」

「沒有意義是也。反正只要是敝人的筆跡，沒意義也無所謂吧？」

「話是這麼說沒錯啦。」

「之前吾等不也在陽炎宮的牆面上塗鴉過？『燈火』和『鳳』一旦結合，就只會成為一樣東西。」

蘭瞇起雙眼，彷彿像在緬懷過去一般。

「火鳥（鳳凰）——這是兩支團隊的短詩是也。」

原來如此，莫妮卡喃喃自語。

她們當然知道關於鳳凰的傳說。那是傳說中當壽命將近時，會自己衝進火中然後再次復活的鳥。是象徵死亡與重生的存在。

「吾等不會白白死去的。」

蘭接著說。

「即使被地獄之火灼身，也會一再地復活。無論遇上何種困難，也絕對不會放棄。吾等會繼承意志和精神，化身不死鳥在這片土地上飛翔。」

莫妮卡像是望著某種耀眼的東西一般，定睛注視著短詩。

不久，她低聲說道。

「…………………要是能夠實現就好了。」

蘭「嗯？」地反問。她似乎沒有聽清楚。

莫妮卡用一句「沒什麼啦」敷衍過去，繼續做事。

十分鐘後，蘭用子彈射穿鐘錶店的櫥窗，讓警報聲大作。

在遠離菲列德大道的民宅裡，有兩名間諜正在待命。

葛蕾特將耳朵貼在通訊器上，正在接收化為暗號的訊息。她在腦中翻譯那段複雜的暗號，然後將內容告訴一旁的少女。

「……我收到莫妮卡小姐傳來的訊息了。她說，現在聚集在鐘錶店的集團和襲擊『鳳』的敵人一致。」

「——！」

正在做熱身運動的席薇亞瞪大雙眼。

葛蕾特讓耳朵遠離通訊器。

「……終於確定了呢。」

「就是啊。」

席薇亞大大深吸一口氣。

那是在之前的搜查過程中浮現的組織名稱。少女們非常訝異，因為那個組織照理說沒有理由要和迪恩共和國為敵。
殺害「鳳」的人物的真實身分——
「『貝里亞斯』——是芬德聯邦ＣＩＭ的防諜部隊襲擊了『鳳』啊。」
葛蕾特開始啪啦啪啦地翻閱手邊的資料。
「……那是由名為『操偶師』的間諜所率領的團隊。『貝里亞斯』和其他組織沒有交流，是一個非常神祕的集團。他們襲擊『鳳』的理由果然令人費解。雖然目前根據推測，他們可能是接到ＣＩＭ高層的密令才採取行動——」
「好了，可以了，葛蕾特。」
席薇亞搖搖手，打斷她的話。
「不用告訴我多餘的情報。事前不知情反而能夠演得比較逼真。」
「可是……」
「總之我出發了——去故意被『貝里亞斯』抓住。」
席薇亞在愛用的自動手槍中填入子彈，然後把槍收進夾克內側。她吞下用來提神醒腦的咖啡因錠，下定決心。

「對方是……」葛蕾特對她說。「當場射殺『鳳』的集團。」

「正因為如此，我才是最適任的人選，不是嗎？我們的老大太強，不適合扮演被囚禁的角色。況且，最有體力能夠長時間活動的人也是我。」

「…………」

「妳放心。我不會——再讓別人從我身邊奪走任何東西了。」

席薇亞堅定地宣示，之後便邁步走向民宅的玄關。

「我把席薇亞小姐當成是自己的摯友。」

葛蕾特開口。

見到席薇亞停下腳步轉身，她朝席薇亞伸出拳頭。

「無論是『屍』的任務，還是之前的新娘騷動，我的身旁總是有妳陪伴。這一次，我們也一起騙過『貝里亞斯』吧。」

她微微傾首，面露微笑。

「好。」席薇亞也伸手。

「……祝妳成功。」

「彼此彼此。」

席薇亞淺淺一笑，和葛蕾特互相碰拳。

之後席薇亞重新握緊拳頭，朝著休羅夜霧瀰漫的大街飛奔而去。

——然後，時間回到現在。

席薇亞在一無所知的情況下前往菲列德大道的鐘錶店，遭到「貝里亞斯」逮捕，被帶到盤問室去。之後，一如事前說好的那樣，被克勞斯救出來的她開始和「貝里亞斯」一起搜索蘭。

克勞斯則和亞梅莉等人在芬德聯邦各地奔波。

在這段期間，「燈火」仍持續設下圈套。

◇◇◇

敲門聲響起。

那是事先決定好的節奏。聽見門的另一頭傳來熟悉的說話聲，席薇亞應了一聲後，門隨即開啟。

克勞斯和跟在他後面，解除人質身分的緹雅走了進來。

如此一來，就有六名間諜——席薇亞、蘭、莫妮卡、愛爾娜、緹雅、克勞斯，聚集在這間公寓的房間裡。其他成員現在應該也還在執行任務。

一切都按照計畫進行著。

少女們自然而然地圍繞在克勞斯身邊。

「辛苦妳們了。」

克勞斯說道。

「已經確定了。襲擊『鳳』的就是『貝里亞斯』沒錯。」

既然他如此斷言，那麼應該就是事實了。

也許是出自他的直覺，又或者是身為人質的緹雅巧妙打聽出來的吧。

——雙方都在互相欺瞞啊。

席薇亞心想。

「燈火」隱瞞已經和蘭會合的事情，「貝里亞斯」則對殺死「鳳」成員的事情絕口不提——

所謂的聯合搜查徒有虛名，實際上彼此都在互相欺騙。

這個世界裡只有合作，沒有友好。

席薇亞對亞梅莉告訴她的這句話有了很深的體會。

「只不過，發生了一點問題。」

克勞斯的表情有些黯淡。

「嗯？」正當席薇亞感到不解，就見到克勞斯喃喃說了句「好奇怪」。
「不知道為什麼，亞梅莉他們真的相信『鳳』想要達林皇太子的命。」
「這是誤解是也！」
蘭大喊。
她一副難以忍受地向前一步。
「吾等根本沒有理由接近皇太子！再說，『鳳』的目的是——」
「我知道，我當然沒有在懷疑你們。」
克勞斯像在安撫她似的，對她投以溫柔的目光。
「不過，這下總算明白『貝里亞斯』為何要採取過於強硬的襲擊行動了。如果那是為了保護王族，一切就說得通了。他們應該連將『鳳』抓起來逼供的餘裕也沒有。對於仇視國王的人絕不寬貸，二話不說就射殺對方——這個國家有時就是會選擇如此粗暴的手法。」
「…………！」蘭緊抿嘴唇。
「『貝里亞斯』也是秉持堅定不移的信念在行事。」
席薇亞也感受到了這一點。
蘊藏在機械化到令人毛骨悚然的亞梅莉眼中的，是強烈的使命感。
「這麼說來，他們追捕蘭姊姊的理由——」

愛爾娜倒吸一口氣。

「——一定也是為了要處死她呢。」

這樣的理解想必不會有錯吧。

席薇亞再次感受到自己是勉強才保住一命。亞梅莉之所以沒有射殺席薇亞，恐怕是因為她是寶貴的情報來源。

「這之中肯定有幕後黑手。」

克勞斯說。

「某人潛伏在芬德聯邦裡，故意讓『貝里亞斯』掌握假情報，誘導他們去消滅『鳳』。不僅嫁禍給『鳳』，最後還成功暗殺了達林皇太子。」

「那個幕後黑手究竟是誰啊……」

緹雅蹙起眉頭。

「居然有辦法完全控制一個諜報機關，還成功暗殺戒備森嚴的王族——」

聲音響起，打斷緹雅的話。

那是蘭敲打桌子的聲音。她的眼中噙滿淚水。

「換句話說，是這麼回事是也？」

蘭再次用力捶打桌子。

「——溫德大哥他們會被殺死，只是因為他們誤會了？」
「就是這樣。」克勞斯篤定地回答。
「…………！」
「我們將來龍去脈解釋給『貝里亞斯』聽吧。與芬德聯邦為敵並非明智之舉。讓『貝里亞斯』和蘭見面，彼此有條理地好好溝通，並且證明暗殺達林皇太子的真正犯人另有其人——我們要做的事情就只有這些。」
對於這番話，在場的少女們無言以對。
克勞斯所說的無疑是事實，也是沒有任何反駁餘地的應對方式。
——「貝里亞斯」是受騙的被害者。
他們不過是秉持保護國家的信念，消滅了「鳳」。他們沒有惡意，只是懷著純粹的使命感，執行任務罷了。
另外，就如同克勞斯所言，確實不應該和芬德聯邦起衝突。像迪恩共和國這種鄉下小國，跟引領全世界的大國之一作對根本毫無益處。屆時只會像亞梅莉所威脅的一樣慘遭蹂躪。
「可是……」席薇亞插嘴。
「……什麼事？」
「這樣『鳳』會死不瞑目啊……！」

克勞斯緩緩地眨眼。

席薇亞摟著瞪大眼睛的蘭的肩膀，逼近克勞斯。

「即使有苦衷，『貝里亞斯』終究還是射殺了溫德他們。難道要由我們做出讓步，好聲好氣地告訴他們『你們被騙了喔』嗎？」

「……………」

「你難道要——原諒那些傢伙嗎？」

「…………………………………………」

克勞斯沒有立刻回答。

他像在為什麼事情感到後悔地微微垂下視線，然後一度緊閉雙眼，再用力睜開。

「**我怎麼可能原諒他們呢。**」

不禁顫慄。

他身上所散發出來的濃烈殺氣，令在場的少女們為之屏息。

克勞斯左右搖頭。

「是我剛才的措辭不夠精準。妳們別誤會了，我完全沒有打算原諒那些蠢貨的意思。無論有什麼樣的理由，我都無法認同『貝里亞斯』的行為。」

他的口氣中充滿了不屑。

少女們從未見過他如此憤怒的模樣。

「即刻執行復仇。『貝里亞斯』是敵人。」

「可、可是——」

緹雅語氣慌張地插嘴。

「實際上該怎麼做？他們堅信蘭殺死了達林皇太子。在這種情況下，要是我們攻擊『貝里亞斯』，恐怕會引發與芬德聯邦的全面戰爭啊。」

「當然是以間諜身分，展開正確的復仇。」

「正確的復仇？」

「其實，應該說也只有這個方法了。說實話，我並不認為能夠與現在的『貝里亞斯』好好對談。」

接著，克勞斯說出一切。

說出接下來即將展開的復仇計畫的全貌。

「其他少女們已經開始行動了。我們要在今晚之內——」

◇◇◇

聽完詳細的作戰計畫後，「燈火」的少女們隨即著手進行準備。

一眨眼就衝出去的人是莫妮卡。她迅速俐落地做好準備後，也沒跟同伴告知一聲就消失不見了。

（…………？）

她的模樣讓克勞斯感到有些不對勁。

剛才開會時她也完全沒有發言。雖然她的態度冷淡也不是一天兩天的事情了。

正當克勞斯在沉思時，一名少女朝他走近。

「有點意外呢。」

是愛爾娜。

她像是要向克勞斯撒嬌似的依偎著他。

「什麼事情覺得意外？」

「就是老師非常生氣呢。」

她開心地泛起微笑。

「老師也和『鳳』的成員們很要好嗎？」

「……是啊。」克勞斯點頭。「雖然感情不如妳們那麼深，不過我們確實有過交流。」

「呢……」

「我之前也說過，失去同胞的痛苦是永遠都無法習慣的。」

克勞斯搖頭。

出現在他腦海的，是體內暗藏復仇火焰的男人——溫德的身影。若是時間點稍有不同，或許也有能夠加入「火焰」的未來吧。

克勞斯望向窗外。

「因此，我採取了有些粗暴的手段。」

「……？」

「雖然我也不願意這麼做，不過唯有這樣的局面，才是她展現真正價值的時候。」

愛爾娜不解地歪頭。

克勞斯沒有繼續說明。

關於那個人的事，只要等到以後該說的時候再說就好。

◇◇◇

亞梅莉來到位於休羅的特雷寇河沿岸的一棟巨大建築。

那棟被四座尖塔圍繞的高聳建築，據說從前是一座刑場。政治犯接連登上絞刑台，遭到絞殺。傳說每當夜晚來臨，此處就會傳出亡靈的哀號。烏鴉並排站立在環繞建築的圍牆上，用陰森的目光望向街道。

——這裡是芬德聯邦的諜報機關ＣＩＭ的總部。

造訪總部的亞梅莉被帶到最頂層的一個房間。房間前面豎立著大大的屏風，讓訪客無法看清內部的樣子。

「……『貝里亞斯』到底在搞什麼？」

屏風另一頭傳來低沉的男性說話聲。

之後，「真是丟臉」、「居然讓達林殿下死了」的聲音接連響起。

假使傳言無誤，屏風另一頭應該共有五人。

ＣＩＭ最高機關「海德」——亞梅莉等人的司令部。ＣＩＭ內超過幾十支的團隊，全是由他們一手掌控。

亞梅莉深深地低下頭。

「我無可反駁。假使能夠以性命償還，我非常樂意那麼做。」

屏風另一頭沒有傳來回應。

難道是他們不感興趣嗎？

亞梅莉一邊感覺自己的手心冒汗，一邊抬頭。

「請讓我確認一件事。」
「……什麼事？」
「……對達林皇太子殿下下手的人，真的是『浮雲』嗎？」
「妳怎麼到現在還問這種問題？」
「我只是想確認一下，我們的敵人真的是名為『鳳』的組織嗎？」
抱著有可能沒命的心理準備，亞梅莉說出心中的疑問。
可是，她就是很在意——在意白天一起行動，那個叫做席薇亞的小女孩的主張。
亞梅莉本來並不把她的話當一回事。可是如今達林皇太子死了，亞梅莉的心因此受到些許動搖。克勞斯輕蔑的眼神也依然殘存在她腦海中。
屏風另一頭的人沒有回答。
亞梅莉於是繼續說明。
「達林皇太子殿下身邊部署了最高層級的警戒措施，有八名軍人、二十名間諜隨時在監視接近殿下的人。就憑我們所知道的『浮雲』是不可能突破防線的。」
「…………」
「『鳳』涉嫌暗殺殿下未遂一事——這個情報是真的嗎？」
克勞斯好幾度要求亞梅莉「拿出證據來」。

亞梅莉雖然每次都拒絕了，但其實她手中根本沒有證據。「貝里亞斯」是聽從最高機關「海德」的命令行事的特務部隊，並未確認其指示的依據為何。

——「鳳」真的是恐怖分子嗎？

這個疑問在她腦中揮之不去。

「間諜不過是棋子。」

不久，說話聲傳來。語氣極其冰冷。

「哪有棋子會懷疑自己的主人。妳想逃避責任嗎？真沒想到『貝里亞斯』竟也墮落到這種地步了。」

「…………」

「立刻去把『浮雲』找出來。一找到她就格殺勿論。」

「……我也無法理解這個指令。假使她真的和暗殺一事有關，『浮雲』應該會有共謀才對。對她嚴刑逼供而不直接殺了她，這樣不是比較好嗎？」

亞梅莉賭上性命，對主人提出質疑。

可是，她得到的卻是冷冰冰的回答。

「不要再讓我們失望了。去把威脅國王的敵人全都殺了。」

「…………」

「我們奉行絕對的正義，永遠都是正確無誤。」

那是亞梅莉聽過不知多少回的台詞。

儘管亞梅莉也對這句話深信不疑，然而——

「妳不也是因為相信正義，才去襲擊『鳳』嗎？」

「…………」

指揮「鳳」的襲擊行動的人正是亞梅莉。

她闖進他們的據點，對那群察覺異狀後逃出來的年輕人，毫不留情地發射霰彈槍和手榴彈，將企圖逃往特雷寇河的他們逼到走投無路。

襲擊行動雖然花了超過一小時才結束，不過最終還是成功消滅了「鳳」。

亞梅莉親眼確認過五名年輕人的遺體。雖說是高層下的指令，但實際執行的確實是身為「貝里亞斯」的自己。

她遵從自己所堅信的正義，至今殺害過許多包括自己國民在內的人們。

——事到如今已無法回頭。

「那當然。」

她毅然決然地回答。

「抱歉說了蠢話。還請各位原諒我方才的醜態。」

亞梅莉捏起裙子一角，深深行禮。

「——我會殺死『浮雲』，讓威脅國王的『鳳』全數滅亡。」

屏風另一頭的人沒有回應。他們的意思大概是這樣就好吧。

亞梅莉再次低頭致意，之後便離開「海德」的房間。她沒有因為失態而丟了項上人頭，或許算是一種僥倖。

既然最高機關再次下令了，就不容許再有一絲猶疑。

——立刻找到殺害達林皇太子的「浮雲」，將她處死。

這就是「貝里亞斯」的工作。

（可是，要怎麼做？連迪恩共和國的同胞都找不到她了。）

她一邊思考，一邊走在ＣＩＭ總部的走廊上。

心中產生奇妙的怪異感。

「浮雲」還活著。鐘錶店牆上的筆跡證明了這一點。可是，她卻不打算和同胞會合。假使她想要會合，應該可以在「白鷺館」找到她才對。難道她真的墮落成背叛同胞的恐怖分子了嗎？但是，席薇亞和克勞斯卻強力否定這個可能性。

有人在說謊。

情報中混入了干擾。

唯一可以想到的可能性就是——

（——「燈火」已經找到她，將她藏起來了？）

這個推測始終在她腦中徘徊不去。

「燈火」或許隱瞞了真相，刻意接近「貝里亞斯」。

（我是不是太早釋放人質了呢？不，繼續再和「燎火」敵對下去並非上策……現在不是魯莽樹敵的時候……）

對方是自詡為「世界最強」、腦袋不正常的男人。然而從他的言行舉止間，確實可以感覺到他擁有相當的實力。與他為敵並非明智之舉。

亞梅莉暗自思索。

（有哪裡怪怪的……）

這大概就是所謂的直覺吧。

身為持續守護國家至今的防諜部隊的老大，「操偶師」亞梅莉的直覺告訴她有地方不對勁。

（……沒錯，仔細想想，「鳳」的遺體確實有可疑之處。）

亞梅莉想到這裡時，正好抵達了她要去的房間。

總部內有一個專為「貝里亞斯」準備的房間。她想要在那裡稍微打個盹。最近幾天，她一直沒能好好睡上一覺。

打開房門，就見到手持茶壺的「蓮華人偶」站在設有沙發的空間裡。

「——首領，我泡了紅茶。」

身穿修道服的女部下露出沉穩的表情。

亞梅莉對貼心的部下致謝，心懷感激地接過紅茶。喝下一口，茶葉的香氣徐徐通過鼻腔。

「……好棒的香氣。妳泡茶的手藝進步了呢。」

芳醇的香氣令心情緩和下來。

亞梅莉對蓮華人偶投以微笑。

「妳今晚在『白鷺館』表現得很好。真虧妳能夠以非常自然的方式代替那個小女孩，和燎火共舞。」

「是那個小女孩主動說要交換，我什麼也沒做。」

「不過，妳最終還是得到了和燎火直接接觸的機會。妳有在他身上裝發訊器嗎？」

「有的，首領。」

「很好——那是ＣＩＭ祕密開發的微型發訊器，我想即使是那個男人應該也不會發現。他一有動靜，就立刻通知我。」

亞梅莉並沒有完全放過克勞斯等人。
她並不認為和他一起行動會獲得新的成果。她心裡的盤算是將他趕走，然後靜待他出現可疑舉動的時候到來。況且有他寸步不離地待在身邊，也不方便處理機密情報。
「既然皇太子殿下遭到殺害，我們就絕對不能放過『浮雲』。必須用盡一切方法，取她性命。以絕對正義之名。」
「那是當然的，首領。」
「蓮華人偶」神情緊張地說。
「其實包括那件事在內，我有兩件事情想要報告。」
「兩件……？好，妳說來聽聽。」
亞梅莉才往前探身，忽然就注意到一件事。
總是和「蓮華人偶」一起行動的另一名副官不在這裡。
「等等——」亞梅莉伸手打斷她的話。「自毀人偶去哪裡了？」
「他有事稍微離開一下。」
「蓮華人偶」靜靜地回答。
「好像有件事情讓他有些在意——」

◇◇◇

名叫「自毀人偶」的少年走在休羅的後街上。

大雨依舊下個不停。霧氣遮蔽了視野，只要離開路燈，眼前就會變得伸手不見五指。一吸氣，喉嚨深處便產生些許潮濕的感覺。

——他有件事情想要確認。

達林皇太子死去的消息傳開之後，芬德聯邦想必將有一陣子會陷入混亂之中。屆時將會積極展開間諜的舉發行動，「貝里亞斯」應該也會變得忙碌起來。他想要在情報滿溢，難以從中揀選出瑣碎消息之前確認清楚。

他欲前往的目的地，位在郊外視野不佳的道路上。

路旁擺了一束花。

「……………是誰把花擺在那裡？」

他表情一沉。

然後下一刻，他大吃一驚。

一名少女撐著傘，站在花束旁邊。此時明明已是超過十二點的深夜，卻有一名看起來約莫十二歲的年幼孩子獨自身處夜霧中。

擺放花束的人是她嗎？
「自毀人偶」朝她走近。
「有人在這裡去世了嗎？」
「是的！昨晚有一名金髮女孩死了！」
灰桃髮少女開朗地回答。她的外表十分奇特。左眼戴著大大的眼罩，頭髮則胡亂紮成了雙馬尾。
「她好像是遭人開車撞倒，肇事逃逸！」
她的回答語氣莫名地有活力。
「真是令人難過的消息。」
「自毀人偶」蹙著眉頭說。
「不過好奇怪，今天並沒有發現女孩遺體的新聞啊。」
「遺體已經被搬到本小姐的床上了！」
「是妳搬的嗎？」
「是的！因為她沒有其他家人！」
「原來如此……她是遭人遺棄的孩子啊。」
少年這下明白了。

休羅的郊外有一群孤苦無依的孤兒，靠著當幫派的跑腿小弟和接受教會的支援，在街上過著流浪的生活。這名灰桃髮少女大概也是其中一人吧。

「自毀人偶」低下頭。

「我是兒童福利機構的人，可以讓我確認一下遺體嗎？我或許可以幫忙將她安葬。」

「知道了！」灰桃髮少女精神飽滿地回答。「往這邊！」

「自毀人偶」被帶到了小巷裡。

巷子裡有無數從前休羅人口爆炸時，所搭建起來的簡陋小木屋。如今木屋的數量雖然已經減少，不過仍有一些流浪漢和孤兒住在那裡。

一如「自毀人偶」所預料的，少女將他帶往杳無人煙的暗處。

然後，他避開灰桃髮少女的耳目，悄悄地拿出鐵鎚。

「不過，本小姐真的好驚訝！」

「嗯？」

灰桃髮少女轉過身，神情愉悅地說。

「沒想到像大哥哥你這樣的人，居然會撞倒女孩後駕車逃逸！」

「…………」

「自毀人偶」面不改色。

他早就習慣假裝平靜了。

「我不懂妳在說什麼？」

「就是昨晚你在後座載著白髮女孩的時候！你明明撞倒了金髮女孩，卻直接開車逃走了！」

「…………」

「雖然你曾一度下車，確認發生什麼事！可是你卻用不耐煩的眼神俯視她，也沒有替她療傷就不曉得跑去哪裡，真的好過分喔！」

「…………」

果然如此，「自毀人偶」點頭心想。

——果然有目擊者。

他在夜霧中感應到了視線。

昨晚，他開車載著後座的席薇亞時，撞倒了一名金髮少女。當時，「自毀人偶」撒謊說自己「撞到行道樹的斷枝」，然後繼續開車。他之所以這麼做，是想避免被後座的別國間諜抓住把柄。

「我是為了守護國家。」

「自毀人偶」答道。

「我當時正在執行保護皇太子殿下的任務，撞倒貧窮女孩這點小事我才不放在眼裡。」

他讓鐵鎚在手裡轉了一圈。

「因為我們不能出任何差錯。特地把我帶到沒人的地方來，真是辛苦妳了。那麼，我要將目擊者打死——」

排除情感，做出合理的判斷。

然而，就在「自毀人偶」將鐵鎚高舉之後，他忽然察覺到一件事。

（等等，既然這名少女知道我就是肇事逃逸的犯人，她為何還要帶路——）

照理說，這是應該要立刻察覺的事實。

可是「自毀人偶」卻不知為何鬆懈下來，花了一點時間才注意到。

那是因為，他不認為面露天使般純真笑容的少女，內心會隱藏著邪惡。

隨後，他發現自己的右手動不了。

——被細繩纏住了。

鐵絲般的細繩突然從建築後方延伸過來，固定住「自毀人偶」的右手臂。

「那傢伙的繩子還挺方便的嘛！」

眼前的少女喜孜孜地將傘一扔。

灰桃髮少女——「忘我」安妮特平時總是將自己瘋狂的一面隱藏起來。

從前，她甚至暗殺養育自己的母親，也就是加爾迦多帝國的間諜瑪蒂達。她裝成天真爛漫的女童引誘對方，讓對方渾然不覺她身上攜帶的凶器。

她將蘭的詐術「潛伏」加以變化，昇華成持續徹底隱藏殺意的詐術。

「工藝」×「隱惡」——純潔殺戮。

「代號『忘我』——組裝的時間到了！」

右手掉落。

白晃晃的大刀出現在眼前，當少年反應過來時，刀子早已完成了切割。

「自毀人偶」的右手腕以下就這麼握著鐵鎚，被砍落在地。

感受到劇痛的他倒臥在地面上。他拚命用左手按住右手腕止血，可是卻依舊血流不止。人生不曾感受過的痛楚，令他的腦袋幾乎失去運作能力。

「啊、啊啊啊啊！啊啊啊啊啊啊啊啊啊啊啊啊！」

放聲尖叫。

彷彿要從體內竄出的恐懼逐漸將他吞噬。

只要馬上拿回右手，就有可能靠著芬德聯邦的先進醫療技術重新接回，但是——

「本小姐和大哥哥興趣相投喔。」

灰桃髮少女滿面喜色地笑道。

「你曾經在『鳳』的據點，問席薇亞大姊『失去同胞的心情如何？』，對吧？本小姐覺得你的問題非常幽默。因為人明明就是你們殺的！」

少女似乎一直在暗中觀察。「自毀人偶」完全沒有察覺。

她用力踐踏掉落在地的右手。

「所以本小姐也要問——你現在的心情如何？」

邪惡化身為人，佇立在眼前。

◇◇◇

克勞斯對少女們下達的指示很簡單。

——在今晚之內，擄走「貝里亞斯」所有成員。

——不要給他們機會求救。讓他們徹底從這個世界上消失。

完全犯罪是必要條件。

誘拐他們，甚至不留下「燈火」加害「貝里亞斯」的事實。這麼一來，芬德聯邦和迪恩共和國之間就不會發生衝突。

背負著「鳳」的悲傷，「燈火」展開行動。

——盡情蹂躪吧。這就是我們的工作。

◆◆◆

——蜜月第二十八天。

「鳳」下一個要挑戰的任務已經確定了。聽說他們沒多久就要離開共和國。

這一天，克勞斯和溫德一對一單獨用餐。訓練結束後，克勞斯主動提出邀約，問溫德要不要偶爾一起喝杯酒。

溫德雖然一臉意外，不過並沒有回絕。

如今，兩人都是間諜團隊的老大，因此他們是以對等的立場聚餐。

餐廳是克勞斯選的。那是一家位於港口附近，以美味海鮮和白酒著稱的餐廳。店內採包廂形式，是最適合密談的場所。從窗戶向外望去，可以見到在港口往來穿梭的大型貨船。帶著海濱氣息的海風拂面吹來。

溫德是一名大食客。不僅吃得多，葡萄酒也是一杯接一杯地喝。他似乎酒量很好，不管喝再多依舊面不改色。
難怪蓋兒老太婆會中意他了，克勞斯心想。
「炮烙」蓋兒黛——她是克勞斯從前的同伴「火焰」的狙擊手，也是溫德的老師。她雖然年邁，卻總是大口大口地喝酒。她和溫德或許是一對意外契合的組合。
兩人的話題天南地北。他們一會兒聊到世界大戰時，「火焰」拯救了溫德的故鄉。當時，克勞斯和名叫「煽惑」的間諜尚未加入，是「紅爐」的全盛時期。一會兒又聊到「鳳」從前的老大「圓空」亞蒂。亞蒂雖然實力不佳，溫德卻非常敬愛她。之後，他們又聊到身為間諜團隊的老大應該是什麼樣子，以及面對葛蕾特的愛慕之情該如何應對才得體。
「對了——」
不久，當這場聚餐即將來到尾聲時，溫德開口。
「你的團隊簡直比垃圾還不如。」
「你的評價到現在還是沒變啊。」
他突然這麼出言挑釁。
克勞斯原以為他在開玩笑，豈料溫德的眼神非常認真。
「你的訓練方法害她們以非常扭曲的方式成長。明明是一群基本功超弱的廢物，卻會在重要時刻發揮驚人實力。這麼危險的事情，實在是讓人看不下去。」

「但是卻很有趣，對吧？」

「是啊。」溫德點頭。「還不賴。」

他一口氣飲盡杯中的酒。

「這一個月來，我們寸步不離地給予她們指導，應該多少會有所改善才對。我們已經重點式地把基礎技術教給她們了。」

「謝謝你們幫了這麼大的忙。」

「我們只是在訓練時順便那麼做而已。反正這打從一開始就是你的目的吧？」

溫德對克勞斯投以銳利的目光。

克勞斯點頭。被溫德說中了。

「『燈火』在我的指導下，輸給了你們『鳳』，因此我認為拜託你們是最好的辦法。雖然這是我身為老師，在飽受無力感折磨下做出的選擇。」

「真無聊。」

「……？」

「老師的工作又不是只有指導。創造出讓學生們彼此溝通交流的環境，也是老師很重要的職責。比起維護自己的尊嚴，那麼做要來得有價值多了。」

「…………」

「好極了——你不是會這樣評價她們嗎？」
克勞斯瞪大雙眼。
有如遭到當頭棒喝。那是他好久沒有體會到，而且意外覺得還不賴的感覺。
——原來也是有那樣的老師啊。
需要學習的事情真多，克勞斯感慨地心想。身為老師，自己實在有太多不足之處了。
「蓋兒老太婆……」
才說完，他隨即改口。
「蓋兒黛她曾經拜託你，要你協助我對吧？」
克勞斯已經聽說溫德和「炮烙」的相遇過程。據說蓋兒黛將自己的技術，傳授給當時隸屬海軍情報部的溫德，並且將某個願望託付給他。
「是啊。」溫德點頭。「她要我從旁支持你。」
「你這樣的同伴對我來說太完美了。」
「很噁心耶。兩個男人幹嘛互相誇獎啊。」
溫德一臉嫌棄地皺起臉。看來他好像是真的很不喜歡。
「不要這麼說嘛。」克勞斯聳了聳肩。
「我總有一天會超越你。你也只有現在能夠從上方俯視我了。」

「哦，你真的有辦法做到嗎？」

「不只是我。莫妮卡、畢克斯、法爾瑪、葛蕾特、庫諾、緹雅——下個世代正逐漸成長。『鳳』這一個月來同樣也有所進步，我們遲早會對你的寶座造成威脅。」

溫德心中所描繪的未來令人雀躍。

「這樣啊，那我就拭目以待吧。」克勞斯這麼回應。

像是被他往上拉拔一樣，年輕世代接連不斷地成長。溫德這個格外傑出的男人刺激了周遭其他人，讓整個世代持續進步。「燈火」過去不曾有過的競爭對手，令少女們奮發圖強。

克勞斯回想起蓋兒黛的話。

——克勞小弟，你太不會依賴別人了啦。

在嚴厲的態度背後，總是為克勞斯處處設想的老婦人。她超越時空，將難得的禮物送到克勞斯手中。

——謝謝妳，蓋兒老太婆。

克勞斯在內心道謝。

——謝謝妳將珍貴的禮物，將新的同伴留給了我。

「火焰」毀滅後，克勞斯曾有一段時期只能孤軍奮戰。但是，今後想必不會再有那樣的經驗了。

「後天我們就要出發去芬德聯邦了。分別的時刻終於要來臨了。」

「好，我們就改天在某處相會吧。」

「就是啊。」

「你可別死了喔。」

「那當然。」

兩人都知道。

在這個世界上，隨時都有許多人死去。如果是間諜，那更是如此。他們都是經歷過同伴的離世，一路存活到現在。

「就算要死——」溫德啜了一口葡萄酒。「我也不會白白死去。」

蜜月第二十八天就這樣結束了。

「燈火」和「鳳」的離別時刻已然逼近。

◆◆◆

將沒有回來的「自毀人偶」擱在一旁，亞梅莉聽取了「蓮華人偶」的報告。

據她表示，她從目前收到的報告中察覺到兩件事情。

「我們遵照首領的指示，派了兩名成員潛伏在森林裡，監視迪恩共和國的通訊室。根據傳來的報告，目前並沒有人接近周遭一帶——」

「蓮華人偶」遞出一張資料。

「不過我為了以防萬一做了確認，結果發現偶爾會出現奇怪的無線電波。」

「無線電波？」

亞梅莉皺起臉來。

那份報告中所提到的，是白天克勞斯帶他們去過的地方。迪恩共和國在位於深山廢棄工地的管理小屋內設置了通訊室，裡面留下了「浮雲」蘭疑似以此為據點的痕跡。

經確認，似乎有無線電波被從那間通訊室發送出來。

「真奇怪，那個房間裡的通訊器非常簡陋，無法遠距或是用計時器進行操作。除非是直接操作，否則應該無法發送無線電波才對。」

只能作有人在通訊室裡之想了。

可是如果要潛進那棟建築，就一定會被看守的人發現。

「發送的內容是什麼？」

「是一堆意義不明的語詞。不過，形式確實和迪恩共和國以前用過的暗號文相似。」

「…………」

眼前這個古怪的狀況令亞梅莉感到困惑。

（「浮雲」避開守衛的監視，回到通訊室了……？）

首先浮現腦中的是這個可能性。

「……話說回來，妳為什麼會想要確認無線電波？」

「因為『燈火』明知道通訊室的存在，卻至今仍無法和『浮雲』會合的這個事實讓我很在意。」

「蓮華人偶」即刻回答。

「所以我猜，那裡恐怕有連『燈火』也忽略掉的密道吧。」

「原來如此。看來有必要立即展開調查了。」

「然後還有一點，就是安裝在燎火身上的發訊器。」

「蓮華人偶」接著遞出另一份資料。

她在跳舞時，在克勞斯身上安裝了發訊器。顯示克勞斯的移動紀錄的那份資料，記載了他此刻人正在旅館內的事實，

「……怎麼可能有間諜會在達林皇太子殿下遇害當天，悠哉地待在旅館裡。我國的微型發訊器恐怕是被他發現了吧…………所以，妳要說的就是這個？」

「不，我想要首領看的是第二張。」

「第二張？」

「我在燎火的衣領和腰部這兩處都裝了發訊器。裝在腰上的發訊器好像還沒被發現。」

「——！」

亞梅莉瞪大雙眼，翻開第二張資料。

上面清楚記載著一度回到旅館的「燎火」，此刻正在休羅市區內移動的紀錄。

當然，這也有可能是圈套。

但是，這下有趣了。他對亞梅莉等人抱持著何種心態，如今已十分明確。

「妳立下大功了，『蓮華人偶』。」

亞梅莉鼓掌稱讚。

「坦白說我有些意外，沒想到妳居然會發揮這麼大的自主性。」

「貝里亞斯」是以亞梅莉為中心的團隊，大致都是由她負責思考，部下則忠實地聽令行事。

為了充分發揮亞梅莉的聰明才智，這雖然是最好的做法，不過她也時常希望副官能夠自由行動。

因此，「蓮華人偶」的成長令她目瞪口呆。

「達林殿下是我們非常敬重的人物。」

她低下頭。

「只要是我這個提線人偶所能做的，我都會盡己所能地去完成它。」

「說得也是……就是啊……」

看來哀悼達林皇太子之死的，並非只有亞梅莉一人。

亞梅莉大大地深吸一口氣。

「將團隊分為兩組。」

分散團隊是平時不會採取的作戰方式。

然而，在同時有兩個問題發生的狀況下，也只有這個辦法可行了。

「『蓮華人偶』，由妳來指揮部下，去追蹤燎火的發訊器。」

「是……」

「我要進到通訊室裡。」

對部下吩咐完，亞梅莉單手拿起指揮棒站起身。

「如果『浮雲』回來了，我就立刻殺了她。」

激昂的情緒自胸中湧現。只要能夠替達林皇太子報仇，她將不惜使出任何手段。

將十名部下交給「蓮華人偶」，亞梅莉和剩餘十一名部下動身啟程。

儘管已經連續出勤超過一百小時，卻沒有一名部下面露不悅。所有人都為了達林皇太子之死深感悲痛。

士氣高昂。

無論遇到什麼困難，想必都能成功克服吧。亞梅莉如此猜想。

亞梅莉一行人乘坐三台車，驅車前往位於休羅邊陲的深山，抵達之前來過的那片工地附近。

為了不被人發現行蹤，他們關掉車燈，進到森林裡。

雨已經停了。地面雖然依舊濕漉漉的，但是應該不至於會限制行動。

「車子就停在這一帶吧。」

亞梅莉下達指示。

「要是太靠近，有可能會被通訊室裡的人發現。」

亞梅莉下了車，潛入樹林。

正當她準備開始登山時，她忽然注意到部下所乘坐的車子有異狀。

（……奇怪的凹陷。）

感到疑惑的她，隨即就想到是怎麼回事了。

（對了，「自毀人偶」說過他撞倒了一名女孩。雖然花了一點時間，不過他應該有順利封住目擊者的嘴吧。）

ＣＩＭ的情報員撞死國民一事，將會成為一大醜聞。為了保衛國家，不能被人散布不必要的傳聞。

看來之後有必要予以處分了。她一邊這麼心想，一邊沿著山路往上爬。

她很快就和在工地旁待命的部下會合。見到亞梅莉，那兩名部下神色緊張地點頭致意。

「現在依然持續在發送無線電波。通訊室裡似乎有人。」

「你們有離開過看守的崗位嗎？」

「沒有，我們兩人一直都在輪流監視，視線從來沒有離開過。」

部下的語氣中帶著自信。看樣子似乎沒有說謊。

果然還是想不通對方是怎麼潛入通訊室的。

「對方也許會和進去時一樣從密道逃跑。我們得迅速採取行動。」

亞梅莉對總共十三名部下說道。

「所有人包圍管理小屋，逮捕裡面的人。」

即使對方不是「浮雲」，照樣是可疑人物。

部下們舉起手槍，無聲無息地移動，將管理小屋團團包圍。這麼一來，裡面的人無論身在何處都插翅難飛。

最後，亞梅莉帶著四名部下，入侵管理小屋。

此時距離收到「蓮華人偶」的報告僅僅過了四十八分鐘。如果將移動時間考慮進去，應對速度算是相當迅速。

外觀如長方體的管理小屋的二樓最深處。

亞梅莉來到房間前，聽見有聲音從室內傳出。

（……果然有人在通訊室裡？）

亞梅莉對身後的部下打了手勢。

——【三十六號劇目】即刻開槍。

即使對方是無知的老百姓、是偷跑進來的小孩子，也要毫不留情地射殺。大不了到時毀屍滅跡就好。考慮到對方是敵人時的風險，這樣的選擇十分合理。

亞梅莉等人既不是軍人，也不是警察。

是會不擇手段，只為保衛國家的間諜。

亞梅莉伸手觸碰通訊室的門把。門雖然上了鎖，不過部下將開鎖工具插進去之後，鎖馬上就解開了。

「闖入。」

通訊室的門開啟。

亞梅莉等人迅速將槍口朝向室內，用手指勾住扳機。

射擊。

所有人原本都已經做好準備，打算即刻開火——

「…………鴿子？」

結果卻愣住了。

停在通訊器上的，是一隻圓滾滾、胖嘟嘟的野鴿。牠正在啄食散落在通訊器上的麵包屑。嘴喙碰到通訊器的按鈕，發出「喀嘰喀嘰」的聲音。

沒有其他人影。

意義不明的暗號——莫非是這隻鴿子隨便發送出去的？

就在亞梅莉等人愣在原地的時候，鴿子好像發現門打開了。只見牠一副機不可失地拍動翅膀，朝通訊室外飛去。

眼前的情況實在教人提不起勁開槍。

已經飛走的鴿子沒人抓得到，於是沒多久牠就從破掉的窗戶縫隙飛出屋外。

鴿子飛往的方向——有一名少女站在能夠俯視工地的高台上。

那是一名頭戴報童帽，看似懦弱的褐髮少女。

「辛苦你了，艾登先生。你居然能夠忍到這個時間才吃東西，真的好了不起喔。」

從她的嘴型來看，她是這麼說的。

——是她讓鴿子潛入通訊室？

不對，通訊室的門上了鎖。既然沒有人接近管理小屋，動手的就不可能是她。

有可能辦到的人物只有一人。

和亞梅莉一起進入通訊室，在上鎖之前都待在室內的男人——「燎火」克勞斯。

他大概是在離開之前，將藏在身上的鴿子留在通訊室了吧。從他的舉止，完全看不出衣服裡藏了動物。倘若沒有經過完美調教的鴿子和技術，是不可能辦到的。

正當亞梅莉這麼心想時，槍聲忽然響起。

「首領！」

接著部下的哀號聲傳來。

「我們的通訊器遭到破壞了！」

她急忙從管理小屋的窗戶，朝工地的方向望去。

強烈的光線。

那大概是原本就設置在工地裡的照明器具吧。為了照亮視野容易不佳的深山而設置的泛光燈的強烈光線照亮了整個現場。堆放著起重機、卡車的寂寥空間，好比舞台般在黑夜中浮現。

「歡迎你們，『貝利亞斯』的各位。」

站在中央的是——「燎火」克勞斯。

在他腳邊，有兩名被打昏的「貝里亞斯」的部下，還有應該是遭他破壞的通訊器。

「這麼一來，你們就無法向其他團隊求援了。」

即使是從遠處傳來，他的聲音依舊響亮到令人厭惡。

「雖然事出突然，不過我要告訴各位一個令人哀傷的消息。『貝利亞斯』將在今晚遭到消滅。」

見到壓倒性的強者突然現身，部下們呻吟著後退一步。

這一切想必都是他的計謀吧。「蓮華人偶」安裝的兩個發訊器似乎都被解除了。

「——不准動！」

亞梅莉高喊。

接著她往前邁出一步，從二樓的窗戶俯視克勞斯。

「真教人遺憾啊，燎火先生。看來迪恩共和國果然蓄意加害芬德聯邦呢。」

「這可難說。」

「殺害達林殿下也是你下的指示嗎？」

「…………………」

對於亞梅莉的質問，克勞斯沒有立刻做出反應。

而是用一種像在憐憫對方的冷漠眼神望著她。

「我現在不想跟妳對話。」

他左右搖頭。

「你們襲擊『鳳』的時候，有聽他們解釋過任何一句嗎？」

「…………」

看樣子，他似乎經得知「鳳」毀滅一事和亞梅莉等人有關了。

「真是遺憾啊，亞梅莉。」

他拿出一條髮圈，將一頭長髮往後紮起。然後右手拿轉輪手槍、左手拿刀，往前跨出一大步。

一副已經進入備戰狀態的樣子。

他明明距離亞梅莉還有二十公尺以上，卻讓人強烈感受到那股氣勢。

（他大概打算將這裡的「貝里亞斯」全滅吧……）

他的意圖已經很明顯了。

殺光「貝里亞斯」的成員，完成復仇。只要確實殺死所有人，就能避免和芬德聯邦掀起全面戰爭，所以他才會破壞通訊器，讓亞梅莉一行人孤立無援。

倘若真是如此，那麼「貝里亞斯」獲勝的條件只有一個。

（——只要有一個人逃走就好。）

只要包括亞梅莉自己在內，在這裡的十四人之中的某人活下來，去向ＣＩＭ報告「燈火」的暴行就好。這麼一來，同胞就會替「貝里亞斯」報仇。

他們要拚盡全力，讓其中一人活下來。

「首領，請去後門。」

一名男部下在亞梅莉身旁低語。

「我們來阻擋他。請首領從後門逃走，前往藏在森林裡的車子。」

「應該反過來才對。」

亞梅莉搖頭。

「我來阻止燎火。他的能力雖然還是未知數，不過假使傳聞無誤，即使犧牲我一人，只要能爭取到五秒鐘就已經很了不起了。」

「這……！」

「動作快。要是被敵人找到車子，一切就完了。」

亞梅莉斥責驚慌的部下，往前站出一步。

倘若她沒有現身，克勞斯很快就會起疑。

（──即使我死了，只要能夠將這個事實報告給總部知道就好。）

既然掉入了陷阱，這個責任就該由身為首領的自己來扛。

亞梅莉打算和管理小屋外的剩餘七名部下，一起阻止克勞斯。管理小屋內的四名部下則試著從後門逃走。這才是最好的辦法。

克勞斯還沒有動作。他持續守著被燈光照亮的位置。

好像不會立刻發動攻擊。

（……他是動不了嗎？）

在一片寂靜之中，亞梅莉暗自思索。

（……對了。既然不能放過任何一人，他就必須待在能夠環視一切的位置才行。）

可是，讓膠著狀態就這麼持續下去也不是辦法。

（……………莫非他在等著什麼？）

察覺到這個事實的瞬間，亞梅莉在心中竊笑。

她總算明白克勞斯為何做出如此大膽的言行了。他大概是為了引誘亞梅莉等人吧。

「我找到獲勝的可能性了。」

「咦？」部下一臉疑惑。

「『燈火』恐怕還沒有找到我們的車子。因為要是被我們逃到山裡就完了，所以他才不敢貿然出手。」

既然推測出對方的想法，主導權就已經掌握在我方手中。

她用手勢對部下示意。

——【同時分散逃跑。】

只要超過十人同時往四面八方逃跑，就算敵人是超人也不可能有辦法應對。部下們彼此打出手勢，共享這個訊息。不只是管理小屋內的四人，在外面的七人也瞬間掌握住此項指令的意圖。

接下來只要看準時機即可。

然而就在這時，亞梅莉在視野一角捕捉到可疑的動靜。

（起重機……？）

大概是有人在操作吧，只見被棄置的工程用起重機將吊臂緩緩伸向夜空。起重機延伸的方向空無一物，讓人猜不透它的意圖。

那台起重機旁邊，站了一名嬌小的金髮女孩。

少女站在沒有燈光的懸崖邊，看起來有些陰森。

——強風吹起。

這裡是位於山上的開闊場所的工地，有時會突然颳起強風。

但是，這陣風來的時機點太差了。

起重機翻覆——朝金髮少女的方向倒下。

「不幸……」

她用一副心不在焉的表情，注視著那幅景象。

彷彿早就料到似的舉動。彷彿早就得知，重心位於高處的起重機會翻覆的這個事實——不對，應該說像是期待這件事情發生似的，她微微揚起了嘴角。

「代號『愚人』——屠殺殆盡的時間到了呢。」

傾斜的起重機倒在距離少女很近的位置，之後少女便連同車體豪邁地墜下懸崖。樹木被壓垮，令整座山轟然作響的低沉聲響隨著震動傳來。

亞梅莉想通了那起事故背後的意圖。

是破壞車子。破壞他們藏在森林裡的唯一逃脫手段。

「好了，這下連逃走手段也毀掉了。」

克勞斯終於開始行動。

他的身影消失，之後當亞梅莉再次見到他時，他已經接近潛伏在管理小屋外的部下。他一副理所當然地用刀子彈開部下趕在最後一刻發射的子彈，然後用手槍的槍柄毆打部下的下顎。

亞梅莉又失去一名部下。

「開始蹂躪吧。你們偶爾也該嘗嘗遭人狩獵的絕望。」

克勞斯簡短地說。

◇◇◇

緹雅在遠離廢棄工地的地點渾身戰慄。

「……妳還真豪邁啊，愛爾娜。」

前方是懸崖。倒下的起重機滑落懸崖，壓垮了「貝里亞斯」所乘坐的車子。三台車全都嚴重毀損。

在緹雅身旁，愛爾娜「因為今天比較特殊呢」這麼喃喃回答。

槍聲從她們的後方轟然響起。「燈火」和「貝里亞斯」大概已經正式開戰了吧。不適合戰鬥的緹雅二人暫時離開，代表「燈火」作戰的是席薇亞、莫妮卡、克勞斯這三人。

站在懸崖上吹著山風，緹雅俯視倒下的起重機。

愛爾娜解說道。

「起風的日子很容易發生事故呢。只要配合山中這個地理位置，接下來就只需要將起重機移動到剛剛好的位置呢。」

「哎呀，是愛爾娜駕駛起重機的嗎？妳好厲害喔。」

「愛爾娜非常努力呢。腳差一點就踩不到踏板了呢。」

愛爾娜雙手扠腰，露出洋洋得意的表情。

原來她也會露出這種表情啊。對此感到意外的緹雅接著問：

「妳怎麼會知道『貝里亞斯』的車子在這裡？」

「因為裝上了發訊器呢。」

「咦？妳什麼時候裝的？」

令人意想不到的回答。

他們的車子隨時都受到警戒。若是隨便靠近，應該一下子就會遭到逮捕。

「——是被車撞的時候呢。」

愛爾娜回答。

「愛爾娜故意被『貝里亞斯』的車子撞倒，然後趁機裝上發訊器呢。」

「…………！」

見愛爾娜回答得若無其事，緹雅不禁背脊發涼。

自從在龍沖學會詐術之後，她的技術就變得更加激進了。儘管危險，但她確實成長為一名可靠的情報員。她會毫不猶豫地投身事故，自導自演悲劇。

「事故」×「自演」——創造慘禍。

她徹底發揮了自己的才能。

順帶一提，她有用安妮特製作的護具來緩和事故的衝擊，因此最後只有腫了幾個包，其餘並無大礙。

「另外，愛爾娜還裝上了安妮特所製作、內建竊聽器的鋼筆呢。那支鋼筆後來被席薇亞姊姊取走，順利交到敵人手中呢。」

「妳真的很活躍耶。」

「但是，緹雅姊姊比較厲害呢。」

愛爾娜開心地握拳。

「因為妳居然能在被挾為人質的情況下，將『貝里亞斯』的情報探聽得一清二楚呢。」

「嗯，謝謝誇獎。」

緹雅笑著撫摸稱讚自己的愛爾娜的頭。

她在成為「貝里亞斯」的人質的情況下，籠絡了一名女性間諜。他們總人數為二十六人——要是不知道這個數字，就不可能執行這次的作戰計畫。

「不過這並非我一人的功勞。若是從前，故意讓自己成為人質去收集情報這種事情，我想自己應該辦不到。」

「呢。」

「要不是有法爾瑪小姐教我，我大概會一事無成吧。」

緹雅用右手覆蓋自己的臉。

她很晚才察覺到，那段吵吵鬧鬧的日子有著多麼重大的意義。為什麼「鳳」要每天造訪陽炎宮？她是在雙方快要分別之際，才總算明白這一點。

「鳳」將自己的技術，傳授給了「燈火」的少女們。

當然，他們應該也有想要和克勞斯一起訓練的動機。然而在此同時，他們也積極地向少女們展示自己的特技，展現間諜的技術。

愛爾娜也神情哀傷，「……庫諾先生也教導了愛爾娜呢」地低下頭這麼說。

「羽琴」法爾瑪將技術傳授給緹雅和葛蕾特。

——大膽地衝向敵人，徹底發揮自身的技術。

「凱風」庫諾將技術傳授給愛爾娜和百合。

——持續隱身，在不被對手察覺的情況下進行破壞。

在彼此交流的蜜月期間，他們不斷引導著吊車尾們進步。

「『貝里亞斯』原本一共有四十九人。聽說還有多達五名副官。」

緹雅低聲說道。

「他們在襲擊『鳳』時，有包括三名副官在內的二十三人命喪『鳳』之手。溫德先生、畢克斯先生、法爾瑪小姐幫忙減少了一半的數量。」

「真不愧是菁英呢。」

「要不是因為這樣，我們一定會陷入更嚴苛的苦戰。」

當然，剩餘二十六人這樣的數量，也已構成相當大的威脅。

既然有「不能讓任何一人逃掉」的限制，光憑克勞斯一人是應付不來的。倘若失敗，芬德聯邦和迪恩共和國的間諜極有可能會掀起全面戰爭。

況且，敵人還是專精拘捕間諜的防諜專門部隊「貝里亞斯」。

是少女們至今不曾打贏的一流間諜。

「放手一搏吧。」

緹雅從懷中取出手槍。

「唯獨這一次，無論敵人是什麼樣的對手都不能輸。我們一定要贏。我們已經不是吊車尾了，因為有最強的菁英們陪伴在我們左右。」

「知道了呢。」

愛爾娜也大口吸氣，站在緹雅身旁。

他們賭上性命，在芬德聯邦的土地上奮力搏鬥。應付突如其來的襲擊，讓蘭逃生。現在少女們能夠採取行動，都是多虧他們遺留下來的情報。

「『燈火』和『鳳』一旦聯手，不論何種強敵都能打贏呢。」

愛爾娜拭去溢出眼眶的淚水。

◇◇◇

克勞斯採取行動了。

他大概是要去打倒下一個目標吧。再這樣下去，全滅恐怕是遲早的問題。

——啪！的巨大聲音響起。

不是槍聲，是亞梅莉拍打雙手的聲音。心生動搖的同伴赫然回神，望向亞梅莉。

亞梅莉深吸一口氣，重新提振精神。

既然逃走手段已經被毀掉，就必須另覓良策。

（對方應該有做好相應的準備……隨便逃進夜晚的森林裡風險太大了。但是，就這麼和燎火正面交手恐怕是自殺行為。）

「燎火」克勞斯。儘管詳情不明，但聽說他的戰鬥能力高得驚人。
既然如此，答案就只有一個。
（——迎擊。盡可能以不打鬥的方式。）
亞梅莉咬著嘴唇，從口袋拿出武器。
不知情的人要是看了，可能會嘲笑她吧。即使是身處間諜世界的人，應該也會露出疑惑的表情。因為那件武器不具殺傷力。
是指揮棒。
實際上並沒有特殊的功能，就只是一根普通的棒子。
但是，擁有「操偶師」這個綽號的她，在自由自在地揮舞那根指揮棒時，能夠產生出殲滅所有敵人的力量。
亞梅莉強而有力地揮舞指揮棒。
劃破空氣的聲音，令受過訓練的部下清醒過來。
「放棄逃走吧。」
亞梅莉開口。
「不過，我們沒必要和燎火直接交手。將少女挾為人質。」
克勞斯帶了好幾名部下前來。聽說他對同伴有著很強的依賴心理，挾持人質應該會是有效的方法。

「──『提線人偶』【五號劇目】。」

亞梅莉將指揮棒往旁邊一揮。

「『祈禱人偶』【二十三號劇目】、『性交人偶』【三十四號劇目】、『墮天人偶』【一百八十三號劇目】、『分裂人偶』【兩百一十七號劇目】、『模仿人偶』【六十三號劇目】、『夕闇人偶』【二號劇目】──」

對所有部下發布指令。

雖然不用口頭敘述，光憑指揮棒的揮動方式也能下令，但是亞梅莉將此形式視為美德。

「操偶師」的真本事──那就是將最多五十人，猶如自己的手腳一般自由操控的指揮能力！

「我們也有自己的志氣。」

亞梅莉將指揮棒指向克勞斯。

「有著身為持續守護這個國家的防諜部隊的自豪！」

十名部下展開行動。

對克勞斯進行嚇阻射擊，同時搜索適合挾為人質的少女。不是像從前「紫蟻」那樣，利用恐懼進行整齊劃一的支配。為亞梅莉這名領導者醉心的部下們，是在高度的忠誠之下，毫不退縮地發揮百分之一百二十的實力。

亞梅莉從二樓的窗戶跳出去。

用指揮棒操控部下。她所傳達的，是事先規定好的——劇目。

比方說【二十三號劇目】——朝目標的右腿射擊。逼近到七公尺的距離後，往左邊旋轉、和後方的同伴交換。接著進行支援射擊，堵住目標的退路。

詳細規定好的劇目數量總共超過兩百。她將那些全部灌輸到部下腦中，然後視狀況靈活運用。能夠掌握整座戰場的聽力、推斷出最佳計策的超人智慧，更重要的是亞梅莉深受絕對信賴的魅力，讓部下們展現出天衣無縫的合作默契。

受過尤其嚴格訓練的五名部下，圍繞在亞梅莉四周。

這是曾經逮捕過好幾名間諜的必勝招數——

「我知道啦。」

卻有一人像是要破壞隊形一般跑過來。

那名少女從建築後方衝出來，以猛烈的速度接近。是席薇亞。

正打算開槍迎擊的瞬間，老鷹和鴿子從空中飛落，害亞梅莉等人錯失機會。

「——【二十五號劇目】。」亞梅莉冷靜地做出指示。亞梅莉和五名部下從手槍改持刀子，準備迎戰席薇亞。

「代號『百鬼』——掠奪攻擊的時間到啦。」

她的身影頓時變得模糊。

「——！」

亞梅莉不由得倒抽一口氣。

殺氣和敵意——不僅如此，她整個人都消失了。儘管這是不可能的事，亞梅莉卻莫名有那種感覺。當亞梅莉的知覺再度捕捉到她的身影時，亞梅莉得費盡全力才能轉身閃避攻擊。若是她稍有鬆懈，恐怕早就遭到刺殺了吧。

所幸，其他部下也都避開了攻勢。

席薇亞沒有動手攻擊亞梅莉等人，而是迅速從他們身旁跑過。

為了攻擊她的背部，亞梅莉轉身打算改持手槍——然而慣用手中卻空空如也。

（被偷了——？）

不禁屏息。

「我想妳大概也背負了一些東西吧。」

席薇亞在遠處停下腳步，兩隻手裡握著六把手槍。她用雙手靈巧地將手槍分解，手槍的零件就這麼一個一個地散落在地面上。

「可是啊，我們也有一些事情無法退讓。」
失去手槍，亞梅莉的統率大亂。
這時，後方又傳來兩名部下遭克勞斯攻擊的哀號聲。

◆◆◆

——蜜月第二十九天。
結果，畢克斯對席薇亞的襲擊一直持續到了最後。
這一天，這名感覺有虐待狂傾向的暖男，又靠過來要求席薇亞「我們去聯誼吧♪」。席薇亞卯足全力試圖逃跑，卻還是被他的力氣和詐術打敗，逮個正著。
「妳還太嫩了啦♪」
儘管已是離別將近的夜晚，席薇亞依舊被畢克斯抓著腳踝，吊在半空中。
「那麼，就決定扮男裝去聯誼嘍♪」
「我～不～要啊啊啊啊啊啊啊啊啊啊啊啊啊！」
一旦被抓到，便無從逃離他的怪力，席薇亞只能任憑他將自己倒吊著帶走。由於席薇亞平時的穿著本來就比較男性化，所以只需要調整一下髮型，看起來就活脫脫像是一名少年。

席薇亞以頭朝下的姿勢，被拖行在陽炎宮的走廊上。

（話說，這是什麼十七歲少女被男人綁架的畫面啊？）

雖然有好多地方想要吐槽，但也只能放棄了。全部都是逃離不了畢克斯的自己的錯。

擊敗高手的欺瞞技術——席薇亞尚未學會詐術。

「我問你，你覺得我的詐術該怎麼辦才好？」

聽了席薇亞的問題，畢克斯「嗯？」地望向她。

與自身特技契合的騙術（作風）。結果到頭來，席薇亞還是沒能找到。她雖然有靠自己思考，並不時拿畢克斯當作實驗對象，卻始終以失敗作結。

「我這個人腦筋不好，不擅長欺騙敵人。我到底該怎麼做呢？」

她不恥下問，尋求建議。

結果，畢克斯「妳真的很笨耶♪」地爆笑出聲。

「吵死人了！我自己也有自覺啦！」

「不是啦♪我的意思是，我明明打從一開始就有給妳提示了♪可是妳卻沒有發現♪我好傷心喔♪」

「嗄……？」

「欺瞞敵人的眼睛——偷竊不是妳擅長的領域嗎？」

席薇亞努力抬起頭，見到畢克斯傻眼地聳了聳肩。

他的詐術是「隱匿」。是用厚實肌肉夾住，將武器和道具藏在身上的技術。直到出手前一刻都不讓對手察覺攻擊手段，無時無刻都出人意表的行動也能廣泛運用在諜報活動上。

欺瞞敵人的眼睛——他是這麼形容的。原來他在初次展現時，就已經給過提示了啊。

原來如此，席薇亞總算想通了。

並非只有用頭腦迷惑對手才是欺騙。掠奪對方的武器也是一種欺瞞的手段。

「照這樣看來，妳要學會詐術可能還要很久呢♪」畢克斯打趣笑道。

「現在好像還是先試試其他方法比較好♪」

「其他方法？」席薇亞一頭霧水。

如果真有那種祕技，她倒想馬上聽聽看。

「只要讓別人去騙就好啦♪」

畢克斯一派輕鬆地說。

「既然妳是個笨蛋，那就乾脆交給腦筋比妳聰明的人好了♪」

「咦？呃，那怎麼行啊……」

「沒關係啦♪因為那是妳的強項啊♪」

他的語氣中混入了一絲陰霾。

「如果是我的話就辦不到。我太膽小了，無謂的自尊也會造成妨礙……所以，溫德才會不和我合作。我在龍沖跟妳說的話是事實喔。為了吊車尾和菁英這種狹隘的評判標準而執著的妳們，真的很滑稽。」

「………？」

畢克斯突然吐露的情感令席薇亞感到困惑。

這是畢克斯第一次傾吐自己內心的感受。然而他卻用靦腆的笑容蒙混過去，似乎不打算解釋清楚。

可是，那副不自然的笑容反而讓席薇亞察覺他的自卑。

他在龍沖與席薇亞激戰時，曾經說過這句話。

——「因為我想要比溫德更早取得戰果♪」

在培育學校所有學生中取得第一名、晉升成為「鳳」的老大的溫德，與屈居第二名的畢克斯之間，或許存在著某種心結吧。

「妳擁有了一切♪」

畢克斯像是覺得刺眼般瞇起雙眼。

「妳有能夠即刻做出反應的身體能力、能夠和他人建立信賴關係的精神力、有辦法交由他人去下判斷的魯莽勇氣，以及願意相信妳的同伴♪」

「…………」

「合作──這不也是妳的武器之一嗎？」

到頭來，席薇亞實在很難算得上完全理解他的心情。

可是，她確實習得了他用盡全力傳授的技術。

他是一名非常有上進心的間諜。儘管總是用傻笑來掩飾，但其實心中洋溢著熱情。他曾說過，玩女人也是訓練的一環。與女性交涉的技術，或許正是他勝過溫德的強項吧。

用笑容掩蓋真心，兼具力量與技巧的武鬥派間諜。

──「翔破」畢克斯。

◆◆◆

眼前景象令亞梅莉為之愕然。

不斷遭到毀壞。

不斷遭到毀壞。

不斷遭到毀壞。

無法被阻止的，當然是「燎火」克勞斯。亞梅莉明明拚命指示部下爭取時間，克勞斯卻像在嘲笑一般，用刀子將他們一一打倒。他不費吹灰之力地，將部下同時發射的子彈彈開。

但是，這還在預料之內。

如果只有他一人，那麼還有獲勝的可能性。

可是，過去一同保衛國家的部下們，卻慘遭年幼的少女們蹂躪。失去手槍的部下只能拿起刀子，或是投擲小石子來牽制對方。然而那樣的抵抗，根本不可能敵得了持槍且受過訓練的間諜。即使想要逃到建築後方躲起來，那裡也早有預謀地設下了圈套。腿遭到砍傷之後就更難逃脫了。

天空中，一隻巨大老鷹不斷盤旋。簡直就像在監視潛伏的亞梅莉等人一樣，鎖定他們的位置。就算想開槍射牠，老鷹黑色的身體也會立刻消失在夜色中，失去蹤影。

若是放手一搏，不顧一切地衝向森林——

「太慢了啦。」

新的少女說話聲響起，隨之而來的是精準無比的子彈。

又有一名部下的腿部中彈，痛苦地趴在地上。

瞬間現身在建築屋頂上的是——藍銀髮少女。

少女潛伏的地點附近，有東西反射了光線。是鏡子。仔細一瞧，鏡子共有五面以上。她可能是利用那些鏡子，全方位地進行監視吧。
一個又一個失去部下的現實，令亞梅莉無法置信。
（好奇怪……那個小女孩身上明明殘留著稚氣…………）
她並沒有忘記初次見到席薇亞時的印象。
當然，她或許從那時就開始發揮演技了。可是，亞梅莉從她的言行舉止間，確實感受到掩飾不了的經驗不足。
——身為間諜，一點都不可靠的少女們。
不時從她們身上散發出來的是自卑感，是對「鳳」的自卑心理。席薇亞曾經說過，不只是她一人，「燈火」所有成員都有那樣的心態。
身為一名身經百戰的間諜，亞梅莉的直覺不會有錯。
（……她們正急速地成長…………！）
這就是亞梅莉判斷錯誤的原因。
少女們對自己的評價，跟不上她們急劇成長的速度。
不僅如此，她們——
（就快要完成蛻變了…………她們即將蛻變成異常離譜的存在……！）
少女們正準備登上亞梅莉交手過的一流間諜所活躍的舞台。

——必須在此消滅才行。

亞梅莉下定決心。

——現在要是不殺了她們，她們每個人有朝一日都可能對我國造成威脅。

當她做出這樣的判斷時，後方傳來好幾人的說話聲。

「首領！」

亞梅莉轉身。

兩台大型車闖進了工地。儘管輪胎被藍銀髮少女射穿，兩台車都大大地打滑旋轉，但總算是抵達亞梅莉所在的位置。車上載的是亞梅莉命令和「蓮華人偶」同行的十名部下。

「你們幾個怎麼會在這裡？」

「是『蓮華人偶』大人吩咐我們馬上趕來的。」

非常正確的判斷。

雖然之前為了迴避風險而特地分散了戰力，不過救兵在這個時候出現教人安心許多。而且更好的是，「蓮華人偶」本人並沒有在車上。假使最後不幸只有她一人生還，也能將「燈火」的暴行向總部報告。

還有逆轉的機會。

亞梅莉從部下手中接過自動手槍，「——【九十二號劇目】」這麼下令。那是「貝里亞斯」

代表著反擊的隊形。

（力量急速提升的人，會沉溺於那份力量之中……！）

她冷靜地分析狀況。

「燈火」想必很著急吧。「貝里亞斯」明明只差一步就要全滅，救兵卻在這個時候現身。少女們無法停止突襲。她們應該會不甘心放過眼前的優勢，發動攻擊。

而就在那一刻，她們將會落入圈套。亞梅莉要利用經驗的差距，打破現況。

——抓住瞬間的可乘之機。

果不其然，一名少女從建築後方衝出來。

亞梅莉大喊：「抓住那個魯莽的小女孩！」

躲在大型車上的部下們，同時朝席薇亞開槍射擊。

「！」

她急忙轉身，躲到附近的壓路機後面。

亞梅莉當然不會放過這個機會。

只要逮住一人，就能利用人質和克勞斯進行交涉。

這是脫離困境的最後手段。

「——【四十五號劇目】。」亞梅莉揮舞指揮棒。

意思是決死突擊。超過八人的部下列隊，前去捉拿躲在壓路機後面的席薇亞。即使途中遭對方開了好幾槍，他們也絕不停止攻擊。

被團團包圍的席薇亞站著不動，也沒有做出抵抗的舉動。

她的周圍不見克勞斯的身影。

（沒錯，燎火的弱點就是──無法和同伴合作！）

亞梅莉早就識破克勞斯的缺點了。

（你一旦拿出真本事，周圍的人就任誰也跟不上你。甚至連支舞都跳不好！）

只要抓住這個破綻，逮捕亂了陣腳的同伴就好。

眼見事情發展一如自己所料，亞梅莉不禁竊笑。

「妳還是不懂耶。」

說話聲傳來。

亞梅莉「咦？」地瞪大雙眼。

席薇亞從壓路機另一頭，以嘲諷的眼神注視著亞梅莉。

「妳真以為我和他合不來嗎？」

◇◇◇

亞梅莉的分析能力捕捉到了一部分的真相。

事實上在此之前，「燈火」的少女們和克勞斯確實不曾一同作戰。即使是挑戰同一件任務，大致上也都是分頭行動。克勞斯會讓少女們去執行輔佐性質的任務，最危險的場面則由他獨自出面解決。

克勞斯無法和部下合作，這一點無疑是事實。

可是，畢克斯以旁觀者的角度冷靜地觀察過「燈火」後，注意到一名少女。

——唯一有可能和克勞斯合作的少女。

其他少女則是完全不可能。

身體能力強的莫妮卡缺乏和他人配合的精神力。相反的，和克勞斯對話無礙的葛蕾特則跟不上他的行動。

總有一天會來臨的——面對強大敵人，光憑克勞斯一人應付不來的局面。

在那種狀況下，席薇亞將會閃閃發光。

在「白鷺館」準備開始跳華爾滋的前一刻，兩人曾經互相確認過。他們將手搭在對方腰上，互相凝視。聽了亞梅莉牢騷似的忠告之後，他們彼此交談。

——「你覺得如何？她好像很擔心我們之間的默契耶。」

——「似乎是這樣沒錯。」

——「開玩笑的吧？」

——「那當然。」

那瞬間，克勞斯和席薇亞已達成合作。

◇◇◇

亞梅莉完全來不及制止。

那幅景象宛如慢速播放一般。

當八名部下包圍住席薇亞時，她的身體忽然輕飄飄地浮起，接著克勞斯就從她的腳邊現身。

他似乎早就躲在壓路機後面了。

「對了——」

他一邊將席薇亞拉向自己，一邊說。

「——我該陪你們玩這場遊戲到什麼時候？」

兩人抱著彼此的肩膀，大大地旋轉一圈。

隨後，亞梅莉的部下就被彈向後方。

在克勞斯的帶領下，席薇亞在轉圈的同時使出蹴踢，擊中部下的手槍。用手環住席薇亞腰部的克勞斯則扣下扳機，準確地射中部下的膝蓋。

彷彿在跳華爾滋一般，兩人的身體輪流連番發動攻勢。

那是開槍與迴旋踢的舞蹈。

被克勞斯拉住的席薇亞，高高地躍入空中。那記在閃避敵人子彈後使出的跳躍迴旋踢，優雅到令人不禁看得入迷。

（那個拙劣的舞姿是演出來的……？）

如今就算發現自己中計，也已經太遲了。

亞梅莉只能眼睜睜看著部下接連倒下。

根本無從指揮起。

所有部下都在克勞斯和席薇亞的攻擊範圍內。

旋轉的克勞斯每次伸手，便有一名部下被他的反手拳打倒。而在他的帶領下舞蹈的席薇亞，則用手槍射穿從克勞斯視線死角逃離的敵人腿部。

太美了。

美到讓人不由得看到出神。

沒有逃跑這個選項，因為包圍網已經完成。亞梅莉感覺到有好幾道槍口瞄準了自己。

不久，最後一名部下被席薇亞的反手拳擊倒在地。

亞梅莉失去了所有部下。

「……這麼一來就結束了。」

克勞斯的呢喃聲傳來。

他說得沒錯，如今工地裡只剩下亞梅莉一人。

「…………………………………………………………………………………………………………………………………………」

亞梅莉花了好長一段時間，才總算能夠接受事實。

她的自尊無法承認失敗。

（我們不可能犯錯……明明應該是這樣的…………）

她在CIM工作了超過十年。當初被錄用時，她是在名叫「雷提亞斯」的頂尖集團，以基層人員身分從事諜報活動，後來才能獲得肯定，便轉而專心投入國內的防諜工作。

之後，她受到最高機關「海德」的認同，成為直屬防諜部隊「貝里亞斯」的老大。

一切都是為了保衛故鄉。

芬德聯邦自從世界大戰結束後，便陷入看不見盡頭的不景氣之中。

亞梅莉曾經有心愛的人。她有父母、有兄弟、有朋友，甚至有沒表達心意就斷了聯繫的愛慕之人。更重要的是，有身為全國人民心靈支柱的國王。

為了正義，亞梅莉一再地戰勝敵方間諜。

從來不曾放過她鎖定的獵物。

——然而如今，她無疑失敗了。

仔細想想，或許在沒能保護達林皇太子的當下，命運就已經注定好了吧。

（…………我大概會死在這裡吧。）

亞梅莉佇立在工地中央，平靜地接受失敗的事實。

在此之前，她並非毫無心理準備。只不過，她怎麼也沒想到會在今天迎來那樣的結局。

所幸仍有微小的希望。

（……幸好我有讓「蓮華人偶」分頭行動。她會向高層報告這件事。）

消失不見的「自毀人偶」大概已經遇害了吧。但是「貝里亞斯」還有一名副官，那就是在達林皇太子被殺害之後，開始發揮自主性的「蓮華人偶」。
聰明如她，應該會察覺遲遲沒回來的亞梅莉的遭遇。
她應該會告知CIM的同胞，將迪恩共和國視為敵對國家。
我們的死不會白費。
為這個事實感到安心，亞梅莉靜靜閉上雙眼。
即使只有一人也好。只要「蓮華人偶」存活下來——

「我應該有說過——」
克勞斯的說話聲傳來。
「——我要將你們從這個世界上抹消，一個也不留。」

亞梅莉不禁打了個寒顫。
那句彷彿看穿亞梅莉心思的台詞，足以讓她聯想到最糟糕的未來。她感覺自己腳下的地面彷彿崩塌了。
不知不覺間，一名新的人物出現在亞梅莉面前。
她頓時屏息，目瞪口呆。

那個人物是——

◇◇◇

——時間回溯到七小時前。

「燈火」的領導人，長相可愛的銀髮少女潛入了「白鷺館」。

「大家好，我是超認真臥底、存在感極度薄弱的間諜百合！」

她躲在「白鷺館」的某處，仔細觀察著大廳。

派對再過不久就要開始了。她靠著搶在「貝里亞斯」在這棟宅邸布下警戒之前潛入，成功潛進屋內而沒有被任何人發現。

她一邊享用連同盤子一起偷來的料理，一邊消除自己的氣息。

在員工之間引起騷動的「料理小偷」正是百合。

「我從庫諾先生身上學到的東西還挺受用呢。潛伏到最後一刻，然後發動致命的一擊！這招真是高明啊。呵呵～我身為間諜的能力又更加精進了。」

百合心情愉快地說個不停。

這時，派對開始了。主辦人大衛結束致詞後，華爾滋便在管弦樂團的樂曲聲中展開。

在百合的視線前方，席薇亞和克勞斯緩緩地開始在舞池內轉圈。起初，他們的默契絕佳，但是後來忽然就重重摔了一跤。雖然兩人立刻就站起身，可是雙方的節奏卻愈來愈搭不上，舞步也開始亂掉。

克勞斯和席薇亞完美地演出——拙劣的舞技。

百合滿意地點頭。

「嗯嗯，他們真是太有默契了。不愧是老師，能夠如此流暢地配合席薇亞。沒辦法，我百合就認同你們吧。」

畢竟你們是前夫婦嘛，百合嘀咕。心裡一面回想以前發生過的新娘騷動。

百合悄悄地做好準備。

那對互相大罵的舞伴，一邊互扯對方的後腿，一邊在舞池內移動。在他們前方的，是邊跳舞邊搜索蘭的「自毀人偶」和「蓮華人偶」。

在一陣正面衝撞之後，他們四人全都離開舞池，重摔在地。

滾進百合所躲藏的桌子底下。

「不過，說起和席薇亞之間的默契——我可是不會輸的！」

席薇亞躲在桌巾下面，將「蓮華人偶」的身體往上推。

——交給妳了，席薇亞用眼神這麼對百合示意。

——知道了，百合笑著回應。

百合的右手握著毒針。

「代號『花園』——狂亂綻放的時間到了。」

克勞斯和「自毀人偶」相撞，將他嬌小的身體撞飛，接著滾落在以擋住他的視線。

那個瞬間，百合俐落地將毒針刺進「蓮華人偶」的脖子。

於是，計謀完成了。

「燈火」的少女們在芬德聯邦各地布下的計謀。

莫妮卡藉著偷拍，鎖定襲擊「鳳」的人物就是「貝里亞斯」。被挾為人質的緹雅取得了內部情報。安妮特製作出鋼筆造型的竊聽器。愛爾娜自己引發交通事故、讓車子停下來，並且安裝了鋼筆。席薇亞瞬間取走鋼筆，讓鋼筆被「自毀人偶」搶走，再交到「蓮華人偶」手中。竊聽到聲音後，百合在「白鷺館」內讓「蓮華人偶」昏倒。莎拉調教出來的動物打出可疑的通訊內容。

所有計謀圍繞著席薇亞進行。

——然後，身為此次關鍵人物的少女則模仿竊聽到的聲音，在轉眼間將「貝里亞斯」吞沒。

◇◇◇

——一名身穿修道服的女性站在那裡。

女性站在亞梅莉的前方俯視她，對她投以沉穩的笑容。衣服上沒有半點汙漬，純黑色的布料讓人感到毛骨悚然。女性沒有出聲，猶如擺設般一直站著不動。

那人是不應該出現在深山廢棄工地裡的「貝里亞斯」的副官——「蓮華人偶」。

「『蓮華人偶』……？」

亞梅莉忍不住懷疑自己的眼睛。

下令分頭行動的副官為何會在這裡？

「快逃！妳現在馬上離開這裡！」

她發出宛如哀號的聲音。

亞梅莉無法理解她為何會做出如此魯莽的行為。身為間諜，逃走才是唯一正確的判斷。就憑她一人要打倒燎火、拯救亞梅莉是不可能的。

「蓮華人偶」繼續面帶微笑。

「…………！」

從那副憐憫似的表情中，亞梅莉察覺到一件事。

這場襲擊究竟是由誰所控制？

——是把發訊器裝在克勞斯身上，表示收到神祕通訊內容的人。

——是特地把分頭行動的部下誘導到這裡的人。

線索曾經出現過。

亞梅莉明明在泡紅茶時，就感覺到了不對勁。

——「好棒的香氣。妳泡茶的手藝進步了呢。」

亞梅莉明明有感覺到她所泡的紅茶，味道和平常不一樣。

「亞梅莉小姐，我很感謝妳……」

外表是「蓮華人偶」的少女，用和「蓮華人偶」不同的聲音說道。

「……多虧有妳，我才有機會和老大跳華爾滋。」

她將覆蓋自己臉孔的面具撕去。

亞梅莉並不知道。

潛入敵營後才會開始大顯身手的法爾瑪，除了緹雅外，也將技術傳授給了另一人。暗藏對克勞斯的澎湃愛意，在敵營大膽行動的少女。

——「拜託妳了。」

將最愛之人所說的話謹記在心，葛蕾特為愛不惜假扮成敵人。

「變裝」×「邪戀」——假面愛戀。

「代號『愛娘』——笑嘆的時間到了。」

紅髮少女以嫻靜的語氣這麼說。

亞梅莉發現自己誤會了。

最該提防的不是克勞斯，也不是席薇亞。假扮成「蓮華人偶」，在背地裡操控一切的她才是「燈火」的王牌。

亞梅莉無力地跪在地上。

這個瞬間——「貝里亞斯」確定全數殲滅。

沒能看清任何真相，也毫無反抗之力，就這麼遭到「燈火」單方面的蹂躪。

但是，有一件事亞梅莉無論如何都想不通。

——「蓮華人偶」究竟是何時被換掉的？

「自毀人偶」應該隨時都有跟在她身旁才對。要不然，也有亞梅莉或其他人在她身邊。「貝里亞斯」沒有給「燈火」機會執行如此大膽的偷天換日之計。

紅髮少女經過亞梅莉面前，走向席薇亞。

席薇亞輕快地舉手打招呼。

「辛苦妳了，葛蕾特。真有妳的耶。」

「……這都是託席薇亞小姐的福。能夠一邊和老大跳舞，一邊把『蓮華人偶』推到桌子底下的人，也只有妳了。」

「謝啦。不過，跳舞果然不適合我。」

「……妳和老大的舞姿非常優雅喔。」

「怎麼樣還是比不上妳啦。妳應該跳得超開心的吧？」

「是的，我們貼得很緊。」

「妳臉紅了喔。」

「……呵呵。我對要求更換舞伴的席薇亞小姐實在感激不盡。」

聽了兩人的對話，亞梅莉總算明白了。

是一般完全想像不到的時間點。

——席薇亞等人在「白鷺館」跳舞時，連累「蓮華人偶」跌成一團的瞬間。

她們在大庭廣眾之下，明目張膽地執行了那個計謀。

將「蓮華人偶」推到桌巾底下，弄昏她——裡面大概也藏了用毒者吧——由名叫葛蕾特的少女假扮成「蓮華人偶」。隨後，席薇亞要求更換舞伴，克勞斯於是帶著葛蕾特前往舞池，不讓「自毀人偶」接近。

他們是專家，不可能欺騙在一旁關注的外行人。

再加上「貝里亞斯」只有在那瞬間將視線從克勞斯等人身上移開。亞梅莉自己也這麼說過。

——「當幾乎所有觀眾都把注意力放在妳身上時，我們確認了那群觀眾的反應——可是，裡面沒有任何人做出特別的反應。」

亞梅莉等人必須在他們引起騷動的瞬間，搜索蘭的身影。

眼睛被欺騙了。

多麼大膽的計謀啊。居然故意吸引觀眾的目光，在眾目睽睽下偷天換日。

「妳的副官……」「——已經被偷走了。」

葛蕾特和席薇亞耀武揚威地說。

豈止失敗，簡直就是敗得一塌糊塗。沒能識破任何圈套，就這麼不停地受到玩弄。亞梅莉擁有的一切全被奪走，除了絕望之外什麼也不留。

她雙膝跪地，垂下頭來。

沒一會兒，少女們一個一個地從建築物後面現身，包圍著亞梅莉。她們每個人的外表都還殘留些許稚氣，說是少女一點都不為過。

——我們輸給了這樣的孩子啊。

一面感受內心的動盪，她一面自我否定。

——不，她們確實證明了自己有可能會對一國造成威脅。

是什麼讓少女們成長到這個地步呢？亞梅莉心想。是克勞斯的指導嗎？不，不只是他。亞梅莉的直覺找到了答案。

（——是「鳳」？）

不知為何，那支團隊的名字掠過腦海。原因不明。

克勞斯站在亞梅莉面前。

「『操偶師』，你們犯下了最嚴重的罪行。」

濃烈的殺氣刺痛肌膚。
「你們或許另有苦衷，不過，這並不能當成免死金牌。不由分說地突襲『鳳』，殺死我的朋友，害我的部下哭泣的你們罪孽深重。」
克勞斯的手裡握著手槍。
「妳應該做好心理準備了吧？」
亞梅莉很清楚。
遭到逮捕的間諜會有什麼下場，這一點她比誰都看得多了。不單單只是被殺死而已，還有無止盡的拷問。在嚴刑拷打之下，沒多久理性就會崩潰，然後將所有情報洩露出來。那不是光憑忍耐或精神力所能熬過的。被下藥之後，甚至連人格都會消失殆盡。等待在前方的，只有比黑暗更加深沉的絕望。
亞梅莉從懷裡拿出一把刀。
將刀刃指向——自己的喉嚨。
她用右手用力握住刀柄，用左手撐住刀背。她儘管害怕卻沒有發抖。
「永別了，這位客人。」
下定決心，亞梅莉施加力道。
然而就在刀刃觸及喉嚨的前一刻——有人抓住她的右手腕。

是席薇亞。

她神情堅定，用強大的力道阻止亞梅莉自殺。

「讓我死吧。」亞梅莉懇求。「請讓我現在當場死去。」

「不行，我們還得向妳逼供其他情報。」

她的眼神中蘊含著非比尋常的熱度。

亞梅莉再次在刀中施力，抵抗席薇亞。

「…………妳有妹妹和弟弟對吧？」

「嗄？」

「妳在換衣服時所說的話，我全都透過竊聽器聽見了。即使很小聲，還是照樣收得到聲音。妳太小看我們的技術了。」

亞梅莉露出得意的笑容。

「我也有家人。請給我最低限度的同情，讓我自殺吧。如果要我洩露情報，背叛家人、國家──背叛國王，那我寧可去死。」

「…………」

「妳應該能夠理解才對──如果是同情心豐富，不惜將薪水全數捐給弟妹所在的孤兒院的妳。」

這是發自肺腑的真心話。
亞梅莉在聽了她的話之後，對她產生了共鳴。
席薇亞在更衣時說出的，她那不光彩的出身——拚命逃離充斥暴力的黑幫世界的姊弟。至今仍為手足著想的善良心腸。
如果是她，一定會同意讓亞梅莉自殺。
可是，席薇亞卻搖搖頭。
「那是我弟妹以前待過的孤兒院啦。」
「…………？」
「我的妹妹和弟弟已經死了。是被殺死的。都怪我老爸結下了許多仇家。」
「————！」
亞梅莉瞠目結舌。
若真如此，那麼她的話就讓人想不通了。
「儘管如此，妳還是繼續捐款——」
她究竟是以何種心情說出那句話呢？
——「我偶爾會閉上雙眼想像……想像弟弟、妹妹用我的捐款吃得飽飽的……想像他們開心地笑得像個傻瓜……就算見不到面，只要這麼想便已足夠。」

「很可笑吧？」

席薇亞自嘲似的聳聳肩。

亞梅莉只能怔怔地望著她。

「所以，算我拜託妳。」

席薇亞纏住亞梅莉的手指，巧妙地奪走她手裡的刀。

「拜託妳——不要再從我身邊奪走任何東西了。」

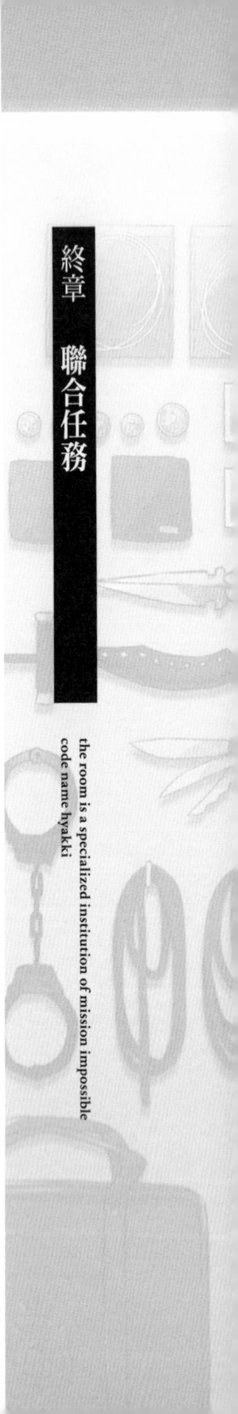

# 終章　聯合任務

the room is a specialized institution of mission impossible
code name hyakki

那是出發前往芬德聯邦前幾天的事情。

克勞斯在對外情報室的總部和C見面。這名身為迪恩共和國的間諜頭子的男人，在簡短說明「鳳」毀滅的事情後，拜託克勞斯接下他們的任務。

克勞斯用理性壓抑悲傷，轉換思緒將注意力投注在新任務上。

這不是他第一次面對同胞死去。

即使發生令人傷心欲絕的悲劇，還是必須繼續前進不可。

「…………話說回來，『鳳』為什麼會在芬德聯邦？」

「事情和『火焰』的滅亡有關。」

C這麼回答。他是一名眼神如老鷹般銳利，頭髮斑白的男性。

他隨意地將桌上的檔案扔給克勞斯。

「『火焰』的毀滅至今仍有許多疑點，於是我派他們前去搜查。」

克勞斯點頭。

從前如家人般深愛的傳奇間諜機關，他們的滅亡至今仍留下許多謎團。

——「炬光」基德為何會背叛？

——應該和奪回生化武器一事有關的「紅爐」，為什麼會在米塔里歐？

線索是被送到對外情報室的六具遺體。

「紅爐」費洛妮卡。在穆札亞合眾國遭「紫蟻」殺害的老大。

「炮烙」蓋兒黛。死亡地點不明。身受嚴重砍傷的年邁女狙擊手。

「煤煙」盧卡斯。死亡地點不明。右半身遭焚燒的天才遊戲師。

「灼骨」維勒。死亡地點不明。和雙胞胎哥哥一樣，左半身遭焚燒的占卜師。

「煽惑」海蒂。死亡地點不明。遭到毒殺，被以花朵點綴的情色小說家。

「炬光」基德。偽裝遺體，在加爾迦多帝國被稱為「蒼蠅」的格鬥家。

他們死去之前在哪裡做些什麼，無人知曉。

當時，克勞斯被基德用計引到遠處，因此他並不清楚「火焰」的情況。

「探查他們的死因，是我們的重要工作之一。這起事件背後，應該和開始在全世界暗中活躍的『蛇』有關。」

「是啊。」

「我讓『鳳』去調查的是——『炮烙』蓋兒黛的死亡經過。」

出乎意料的情報令克勞斯瞪大雙眼。

他瞪著面前的男人。

「你為什麼不派我去？」

「『飛禽』曾經在芬德聯邦，和死亡五個月前的『炮烙』接觸過。我聽說龍沖的任務讓他們成長了許多，交給他們是非常恰當的決定。」

「可是，就算如此……」

「你還有其他重要的防諜任務在身。我不認為自己的判斷有誤。」

——可是，結果「鳳」卻毀滅了。

克勞斯滿心憤慨。但是，現在不是追究責任的時候。

現在必須查明的事情，是他們為何會遭到殺害。

「到底是誰摧毀了『鳳』……？」

克勞斯說出這個好幾度浮現腦海的問題。

「唯一的線索是這個。」C遞出一張資料。「『飛禽』在團隊毀滅前不久，將某則訊息交給了聯絡人（信使）。」

「……溫德嗎？是什麼樣的訊息？」

克勞斯迅速過目資料。

『——找到「炮烙」的遺產了。詳情會再以口頭告知。』

克勞斯目瞪口呆。

為了提防通訊內容遭人竊取或竊聽，機密情報基本上都會以口頭方式傳達。看樣子，溫德他們找到機密性極高的情報了。

——這就是他們遇害的原因嗎？

現在馬上就將兩者聯想在一起或許太早了。可是，在得到機密情報後不久便遇害的這個事實，說是偶然也未免太湊巧。

「我有任務要交給『燈火』。」

C對克勞斯說。

「一是在芬德聯邦查出『鳳』的死因。二是打倒潛藏在背後的敵人。三是取得『鳳』所找到的『蓋兒黛的遺產』。」

克勞斯非常清楚這件任務的名稱。

承接並達成同胞無法繼續執行的任務——在眾多間諜任務中難度最高的——不可能任務。

於是，「燈火」展開行動。

投身這場因「蓋兒黛的遺產」而起，間諜的計謀層層交錯的——芬德聯邦謀略戰。

◇◇◇

而如今，「燈火」達成了第一項任務。

在位於休羅邊陲的深山裡，克勞斯等人將二十四名「貝里亞斯」的成員綑綁起來。不在這裡的副官「自毀人偶」據說受到安妮特的拘禁，「蓮華人偶」則是被關在別的地方。

他們對腿部中槍的敵人做了簡單的包紮處置。

沒有人會即刻死亡——只要「燈火」不繼續施加攻擊的話。

防諜部隊「貝里亞斯」的生殺予奪之權，完全掌握在克勞斯手裡。

「…………你們為什麼要與我們為敵？」

克勞斯將亞梅莉帶到了管理小屋。

她以外的其他成員都被拘禁在工地一隅。為避免他們逃走或自殺，少女們握著手槍正在監視他們。

和部下分開的亞梅莉，用煩躁的語氣大聲質問。

「我不懂迪恩共和國究竟有什麼目的。殺害達林皇太子殿下，又逮捕搜查此事的我們……你們到底想做什麼？」

「這個嘛，先來把事情解釋清楚好了。」

克勞斯打開空房的門。

一名全身包滿繃帶的少女，眼神陰鬱地站在房間中央。

「『浮雲』蘭……！」

亞梅莉呻吟。

長相中性的胭脂色頭髮少女靜靜地低下頭。

「正是，敝人乃『浮雲』蘭是也。」

「燎火！」亞梅莉杏眼圓睜。「你果然將她——」

「冤枉是也。『鳳』與暗殺達林皇太子一事無關。」

蘭代替克勞斯回答。

她瞬間一臉不甘心地握緊拳頭後，隨即深深地低頭。

「希望妳能相信『鳳』是無辜的是也。吾等完全沒有加害芬德聯邦。」

「妳竟敢厚顏無恥地說這種話……！」
亞梅莉的口氣中充滿了怒氣。
她用力踩踏地面，像在強忍殺死眼前少女的衝動一般，反射性地釋放出冰冷的殺氣。
「亞梅莉——不，『貝里亞斯』的老大。」
克勞斯開口制止。
「妳可以先聽聽她怎麼說嗎？她是現在最想殺了妳的人，但是她卻憑著理性忍了下來，向妳低頭。我們想要的是對話。」
「對話？你們都做到這種地步——」
「要是不這麼做，妳怎麼可能肯聽蘭說話呢。」
「…………！」
「假使妳拒絕對話，我就會行使最後手段。別逼我把話說完。」
如果是亞梅莉，她應該聽得懂話中的意思吧。
最後手段是——拷問。
在亞梅莉面前接連殺死被捕的部下，直到她心碎、人格徹底崩壞為止。假使克勞斯有意那麼做，他現在馬上就能付諸實行。

亞梅莉不服地咬住嘴唇，不久便「……我知道了」地點頭回應。

蘭說出了一切。包括「鳳」的任務是在芬德聯邦尋找消失的間諜的足跡、突然遭「貝里亞斯」襲擊的事情，以及「鳳」對達林皇太子不感興趣一事。

亞梅莉只是默默地聆聽她條理清晰的說明。

「話說回來──」

最後，克勞斯提出質疑。

「『貝里亞斯』到底是以什麼作為根據，認定『鳳』與暗殺皇太子一事有關？」

「…………根據就是高層的指示。」

「你們連證據也沒見到，就執行暗殺行動了嗎？」

「因為那是命令。」

亞梅莉的聲音顯得有氣無力。

「我們有我們的做法。棋盤裡的棋子不會去懷疑棋手的用意。」

「是ＣＩＭ的高層──『海德』嗎？」

「……是啊，虧你還知道這個名字。就連我也不清楚他們的來歷。」

克勞斯也只知道名字而已。

芬德聯邦諜報機關ＣＩＭ的最高機關「海德」──由五名間諜成立，其樣貌據說連直屬部下也沒見過。
亞梅莉疑惑地問：
「你的意思該不會是他們說謊？」
「我認為應該做此判斷。他們要不是雙面間諜，就是一樣被騙了。看來，芬德聯邦的內部長了大毒瘤。」
克勞斯做出結論。
「……協助暗殺達林皇太子的人恐怕就在『海德』裡。」
「怎麼可能有那種事！」
亞梅莉扯著嗓子大喊。
「到頭來，你們的話根本毫無根據！向我們灌輸對自己有利的謊言，企圖控制『貝里亞斯』——這才是你們的目的，我沒說錯吧？」
「你們也一樣拿不出證據來。」
「但是——！」
「所謂的『操偶師』難道就只有這點水準嗎？聽了席薇亞和蘭的控訴，卻什麼也感覺不到？寧可盲從連影子都沒見過的上司，也要選擇忽略眼前的真相？」
「…………………………！」

亞梅莉依舊噤聲不語。

從她眼中可以感受到強烈的糾結，好像認為懷疑高層是極度荒唐的事情。

「……我們無法信任你。」

她小聲地嘀咕。

「你傷害我的部下……而且，要是你一開始就全盤托出，說不定就能保護達林皇太子殿下了。」

「我明明告訴過妳好幾次——人不可能是『鳳』殺的，但妳卻聽不進去。」

「可是……」

「亞梅莉，我們已經做出很大的讓步了。我們有五名前程似錦的同胞遭到殺害，請妳不要再繼續刺激我們。」

「…………」

亞梅莉一臉尷尬地保持沉默。

克勞斯左右搖頭。

「……算了，沒時間了。快把一切說出來，否則我就殺死『貝里亞斯』所有人。」

「……………」

「妳如果是間諜，就該以自己國家的安寧為優先。妳是要盲從有背信嫌疑的上司，然後被殺死；還是表面上姑且相信我們，活下來繼續保衛國家？哪個才是妳想要的？」

克勞斯以嚴厲的語氣威脅她。

假使亞梅莉拒絕對話，克勞斯已做好殺光「貝里亞斯」的打算。為了保護自己的國家，不能讓任何人知道「燈火」的暴行。即使屆時可能會為心地善良的少女們帶來打擊，克勞斯也不惜那麼做。

亞梅莉用雙手覆住臉龐。

「…………………………………你想問什麼？」

她似乎願意對話了。

克勞斯將椅子拉到亞梅莉面前。

「說說關於溫德他們的死。其中應該有疑點才對。」

「——！你怎麼會知道？」

「不自覺就察覺到了。」

亞梅莉目瞪口呆。

猶疑片刻後，克勞斯決定說出口。

「就憑妳的程度，不可能殺得了溫德他們。」

◇◇◇

克勞斯的猜測果然沒錯。

「貝里亞斯」沒能將溫德他們全數打倒。

亞梅莉不服氣地說。

「我們襲擊了他們是事實。可是，後來場面演變成一場混戰，就連我們也蒙受了龐大的損失。一夜過後，我們雖然找到了『鳳』的遺體，卻不曉得是誰殺了他們。」

「貝里亞斯」確實有殺死的，只有一開始保護同伴的「凱風」庫諾。

當然，這並不代表成員們還活著，因為後來確實有找到他們的遺體。

「鳳」被某人殺死了——對落入絕境的他們展開追擊。

亞梅莉原本猜想也許是「貝里亞斯」的部下奮力殺死了他們，但克勞斯憑直覺否定了這一點。溫德是不久後有機會成為世界數一數二強者的男人，即使賭上性命，就憑「貝里亞斯」是不可能殺得死他的。

克勞斯逼亞梅莉說出找到「鳳」遺體的地點。他們的遺體果然是在和新聞報導不同的地點被發現。

溫德等人似乎逃到了特雷寇河的上游。他們大概是想讓「貝里亞斯」的注意力，從逃往下游的蘭身上轉移吧。

那是一座長滿李子樹的山丘。沒有結果的樹木相連成一片荒涼的景色。黑色烏鴉正在啃食貓的遺體。

凌晨四點，克勞斯和幾名部下來到這裡。

「開始找吧。他應該有留下線索才對。」

溫德不可能會白白死去，他應該有在哪棵樹上刻下暗號。克勞斯沒有什麼特別的根據，就只是憑藉他對溫德的信賴。

尤其令他在意的，是溫德最後所提到的「蓋兒黛的遺產」——

「呃，說到這裡——」

莎拉用手電筒照亮李子樹的樹根，一面說道。

「——蘭前輩不知道『遺產』的事情嗎？」

「不知道是也。」

蘭即刻回答。

「因為吾等多半都是分頭行動。溫德大哥為了共享情報而將大家聚集起來的那天晚上，就是吾等遭『貝里亞斯』襲擊的時候是也。」

「原來如此……」

「真的好不甘心是也。敝人到現在仍不知該將心中的憤怒往何處宣洩。」

她忍著傷口的疼痛，參加了搜索行動。蘭和莎拉以嚴肅的眼神握著手電筒。

另一方面，那兩人則是一如往常地吵鬧。

「妳給我好好工作！因為妳這次根本沒做什麼事！」

「我是沒機會表現好嗎！在派對結束之前，我只能一直躲起來啊！」

席薇亞和百合。

她們兩人雖然有認真搜索周遭，仍不忘鬧哄哄地互相叫罵。

順帶一提，席薇亞說得沒錯，這次百合的表現機會確實比較少。她就只有躲在「白鷺館」的桌子底下，用毒將被席薇亞推進來的「蓮華人偶」迷昏而已。而在那之後她也只能繼續躲藏，以免被「貝里亞斯」發現。

百合被席薇亞踹了一下屁股，就急急忙忙跑走了。席薇亞在大力激勵同伴之後，自己也著手展開作業。

克勞斯帶著傻眼的表情走過來。

「席薇亞，妳可以休息沒關係喔。因為這次最辛苦的人是妳。」

在李子樹山丘上的只有五人。

「燈火」剛結束一場激烈的戰鬥。為了讓少女們休息，克勞斯吩咐其他成員前往「貝里亞斯」的據點。她們現在應該正一邊喝茶，一邊翻閱「貝里亞斯」收集到的資料。

「沒關係啦，我現在想活動一下身體。」

席薇亞搖頭，將手電筒照向李子樹。

但是，她可能果然是累了吧。

「唔喔！」被樹根絆住的她發出驚呼。

克勞斯立刻伸手，扶住差點跌倒的席薇亞。

「還是休息一下吧，妳的體力也不是無窮無盡的。」

「抱、抱歉……」

席薇亞難為情地紅了臉頰。她離開克勞斯身邊，坐在大李子樹下面。

因為不放心讓她獨自一人，克勞斯也在她身旁坐下。

對比方才的激戰，這樣的夜晚顯得過於寧靜。芬德聯邦冰涼的晚風在地表上流動。

席薇亞的肩膀撞上克勞斯的肩膀。

她微微將身體靠向他。

「…………你早就知道了對吧？」

是什麼事呢？

當克勞斯還在苦思，席薇亞主動說明了。

「就是我的弟妹已經去世的事情。」
「是啊，我是聽培育學校的教官說的。」
原來是她在亞梅莉面前坦承的那件事。
她好像也不曾清楚告知同伴這個事實。
脫離由父親擔任首領的黑幫集團「食人族」，被孤兒院拯救，在弟妹的期待下前往間諜培育學校——四年後，席薇亞的弟妹遭到殺害。
她失控了。
她每天晚上都溜出培育學校，然後渾身血腥味地回到宿舍。她在那段期間做了什麼，只有她自己才知道。她不時在校內引發暴力事件，在培育學校的成績也一落千丈，原本學力測驗的成績就不理想的她，最後落到差點被退學的地步。
這就是克勞斯所知道的情報。
「我可先說喔，不准同情我。」
席薇亞的口氣十分開朗。
「因為我已經振作起來了。我的使命沒有改變。我要變強。我要繼續在這個世界，盡己所能地不讓孩子們哭泣。」
她的笑容裡帶著哀傷，彷彿在忍受暗藏心中的痛楚一般。

她注視著前方。

「再說——」

「……？」

在她視線前方的，是拚命搜尋的莎拉和百合。

「我現在有她們。有那群老是惹麻煩的妹妹們。」

這樣啊，克勞斯了然地點頭。

她口中的妹妹們，大概也包括總是撒嬌地靠過來喚她「席薇亞姊姊」的愛爾娜，還有邊喊「席薇亞大姊！」邊撲過來的安妮特吧。說不定，連個性彆扭的藍銀髮少女、不擅長談戀愛的紅髮少女，以及滿腦子奇怪性知識的黑髮少女也算在內。

席薇亞再次用肩膀輕撞克勞斯。

「在我看來，你也像弟弟一樣喔。」

「……我嗎？我還是第一次聽到有人這麼說。」

「因為你也很需要人家時時盯著你、照顧你啊。」

「我不同意。」

「我會保護你的啦。無論你身在何處，姊姊我都會挺身相助。」

坦率真誠地這麼說道的她，看起來是如此耀眼。

她——沒有扭曲。

理所當然似的憐惜他人，理所當然似的為死訊哀傷。

那是在這個充滿痛苦的世界，又或者是在充斥謊言與謀略的間諜業界、在少女們個個扭曲乖僻的「燈火」之中，稀有的存在。

所以，成員會被她的開朗所拯救。

她們將發揮超群的合作能力，勇猛地擊潰所有困難。

「——好極了。」

只能這麼稱讚。

席薇亞先是害羞地泛起淺笑，隨即又「我已經聽慣你那句台詞，一點都不覺得開心」看似生氣地噘嘴這麼說。

不一會兒，她像是發現什麼一樣，發出「嗯？」的聲音。

「那邊……」

席薇亞將手電筒照向正對面的李子樹。

樹的表皮上有像是被動物的爪子抓過的痕跡。乍看像是貓或狐狸的爪痕，可是仔細一看，就會發現那是刀子造成的。

唯有迪恩共和國的間諜才能解讀的暗號——是溫德的遺言。

克勞斯二人立刻起身，走向那棵李子樹。由於已經過了一個月，刻在樹皮上的痕跡已經快要褪去，但仍勉強可以看出寫了什麼。

——溫德等人辦到了。

他們擺脫「貝里亞斯」的強攻，殺了好幾名副官，讓同伴蘭逃走，然後在生命殞落前一刻揪出幕後黑手的真面目，留下情報。

這是凡人絕對辦不到的偉業。

他們是直到最後一刻都充滿尊嚴的菁英。

「我也好不希望他們死去……」

淚水劃過席薇亞的臉頰。

「究竟為什麼要從我身邊……奪走心愛的東西呢……」

少女在一再上演的失去中哭泣。

◆◆◆

——蜜月最後一天。

歡送會的夜晚令人難忘。

「鳳」出發前往芬德聯邦的前一天，間諜們一路喧鬧到了早上。陽炎宮的外牆上，至今仍殘留著當時他們所描繪的畫，卻已不記得當初是誰提議的了。他們每個人各畫出一條紅線，完成了那幅畫。

不死鳥（鳳凰）——「鳳」與「燈火」的象徵。

時常逗弄周圍其他人的暖男畢克斯笑道：

「一個月轉眼就過去了耶♪感覺好寂寞喔♪」

老是不管見到誰就摟摟抱抱的女性法爾瑪感嘆地說：

「好討厭喔～法爾瑪好寂寞～不想跟大家分開啦～」

被個性十足的同伴耍得團團轉的少女裘兒點頭。

「放心，我們搞不好很快就會像龍沖那樣再次見面了。」

沉默寡言卻悄悄為同伴著想的男人庫諾喃喃地說：

「……是。到時就再一同完成聯合任務。」

唯一生還者也是問題製造者的少女蘭笑著說。

「嗯，讓人好期待是也。好想一起完成任務是也。」

最常來陽炎宮的青年溫德開口：

「……到時妳們這群女人可別扯後腿。」

不死鳥這幅畫的用意，是希望所有人都能平安活著，再度重逢。然而，那個願望最後卻沒能實現。

無盡的悲傷撕裂了少女們的心。

◆◆◆

「開什麼玩笑啊……」席薇亞淚流滿面地悲嘆。

「鳳」成員的死，帶給「燈火」的少女們巨大的創傷與成長。

而他們的遺志，則逐漸為少女們的精神所繼承。

——去死吧。

那樣的結局完全不是少女們所期望的。

寧願永遠當個不成熟的間諜，也想繼續崇拜他們。如果成長的代價是品嘗失去的滋味，那還寧可繼續當個吊車尾去嫉妒菁英、被他們瞧不起。

然而無論說得再多，眼前的現實也不可能變成快樂結局。

——【給親愛的吊車尾們】

望著溫德刻下的遺言，席薇亞無聲地哭泣。

沒有扭曲的她，正面接受了那則訊息。為同胞之死哀戚欲絕，涕泗滂沱。

「席薇亞，妳比誰都還要善良。」

克勞斯站在她身旁。

「——哀悼吧。然後完成這件任務直到最後。」

溫德寫下了殺害他們的人物特徵。

對方在「貝里亞斯」襲擊的同時現身，給了溫德等人致命一擊。他們大概和「貝里亞斯」有關係吧。對「貝里亞斯」的高層散布假情報的恐怕也是他們。

發動攻擊的共有兩人。

——右手臂上裝了好幾條特殊義手，黑色眼瞳的多臂男。

——臉上堆滿嗜虐微笑，雙肩上有龜裂般大片傷痕的少女。

溫德有聽見男人是如何稱呼少女的。

——「翠蝶」。

這個代號的取名方式，讓人聯想到某個組織。自稱「蒼蠅」、「白蜘蛛」、「紫蟻」，令世界陷入混沌的間諜們。

在此之前，其存在是克勞斯和緹雅的宿敵。

與其他少女們沒有直接牽連。然而這一刻，他們成了「燈火」所有人的宿敵。

「蛇」潛伏在芬德聯邦內。

哭了一陣子後，席薇亞仰望天空。

克勞斯也同樣抬頭。

星星現身了。自昨晚下起的豪雨，似乎將空氣中的塵埃沖刷乾淨。持續覆蓋整座城市的濃霧散去，顯露出深海般深藍色的天空。無數顆星星閃爍，散發出彷彿風一吹來便會隨風飄散的細微光芒。可是，這片美到令人心痛的星空，卻教人怎樣也無法移開視線。身體深處湧起一股無名的衝動。

「動手吧，老大。」席薇亞開口。「這是『燈火』和『鳳』——最初也是最後的聯合任務。」

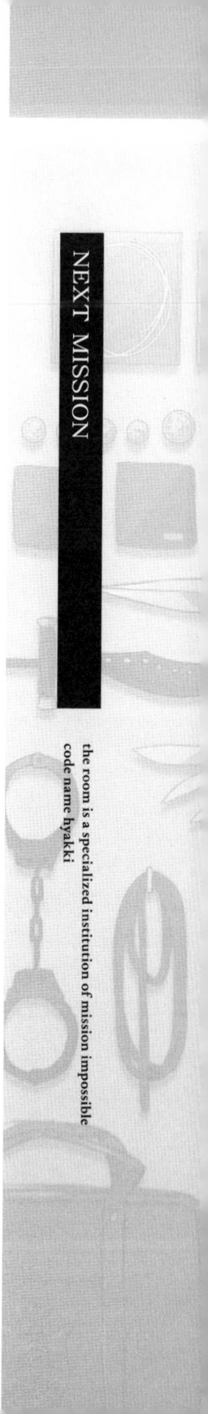


克勞斯望著溫德的遺言，感應到了那股氣息。

他大概在留下這則訊息之後就被殺死了吧。畢克斯、裘兒、法爾瑪也都遭到殺害，「鳳」就此毀滅。

——持續潛伏在芬德聯邦內的「蛇」。

多臂男、傷痕少女。

克勞斯產生聯想。

溫德據說曾經遇見在芬德聯邦逗留的「炮烙」蓋兒黛。殺死她的，或許也是這兩人其中一人。蓋兒黛儘管年邁，但能夠殺死她的間諜應該不多。

（有種不祥的預感……）

克勞斯在李子樹山丘上，掩嘴沉思。

「百合，妳可以先回去和其他成員會合嗎？」

他對走近自己的部下下達指示。

「我要在這裡待一會兒，想想該如何，還有在什麼時機點利用那傢伙。」

「啊！你是說——」

一聽見那傢伙這個詞，百合的表情亮了起來。

「我們在來這個國家之前，就決定好的那個作戰計畫嗎？」

「…………嗯，就是這麼回事。」

「明白了。那麼，我們先告辭了！」

百合恭敬地行禮後，便帶著其他少女們離開。寧靜的山丘上只剩下克勞斯一人。

他有件事情想要確認。

——在前往芬德聯邦之前，克勞斯準備了一個計策。

他早就預料到會演變成殘酷的戰爭。

為了讓所有人活下來，他將計畫內容告訴所有少女。

——我想讓新的間諜加入「燈火」。

正確來說，是以不同於八名少女的編制形式加入。新成員不會隨時和她們一同行動，只會在必要時充分發揮其力量。那名間諜身上，有著其他少女所沒有的武器。

少女們很爽快地答應了。克勞斯向她們介紹那名加入者時，她們還鼓掌歡迎對方加入。

那人已經潛伏在芬德聯邦內。

（——現在最值得我信賴的間諜。）

克勞斯朝著夜色出聲。

「代號『焖眼』——準備好了嗎？」

沒有回應。

消除氣息的間諜早已為了完成自身使命，伺機而動。

◇◇◇

「燈火」與「蛇」將再度在芬德聯邦交鋒。

兩支團隊各自準備了王牌。

「燈火」所準備的計策是代號「焖眼」。

另一方面，「蛇」所準備的計策則是——

◇◇◇

「走、投、無、路——！」

首都休羅的中央，矗立著一座大鐘樓。同時也是國會議事堂的那棟建築，是芬德聯邦的國家象徵。

可是，此時卻有一人穿著鞋子，站在那座鐘樓上。

一名少女像是對著月亮嚎叫一般，開心地叫嚷著。

在月光照射下，散發出美麗光澤的頭髮隨風飄逸。她穿著無袖的華麗禮服，在坡度陡峭的屋頂上像在跳舞似的原地轉圈，還不時朝著夜空「走投無路！」地大喊。明明是在喊著危機降臨，她卻歡喜到全身發顫。

她的肩膀到手肘，有著一大片宛如閃電的傷痕。而且是兩邊肩膀都有。

——「翠蝶」。

加爾迦多帝國的諜報機關「蛇」的成員之一。

她潛伏在芬德聯邦內完成了許多工作，是「蛇」之中最年輕的間諜。

少女在鐘樓上，「哈呼～」地發出愉悅的嘆息。

「沒想到『貝里亞斯』這麼快就被打敗了。好厲害喔，那就是克勞斯先生的實力啊～的確是不能將他放著不管呢。他太強了。」

「翠蝶」一直都在觀察。為了確認克勞斯有多少本事，她混進了「白鷺館」的派對，而且完全沒有被「貝里亞斯」發現。

「白蜘蛛先生說過。」

她以玩笑似的口吻說道。

「和那個怪物對峙時，必須隨時隨地先發制人。必須要在他做出應對之前，徹底地反覆掠奪，持續不斷地製造出地獄才行。」

她回想同伴給予自己的建議。

再這樣下去會被殺死的喔。翠蝶笑著這麼說完，轉過身去。

「所以啊，我要用盡所有辦法，去完成最差勁最邪惡的作戰計畫。」

她——對身旁的少女微笑。

「我要給妳一個新代號。妳的名字是——『緋蛟』。」

「…………」一旁的少女沒有半點笑容。

「妳本來的名字雖然也很有命運感，我還挺喜歡的，不過嘛，就當作是轉換心情吧。」

「翠蝶」拍拍那名少女的背。

她哼著歌，朝著休羅的市區大聲宣告。

「翠蝶」瞪大雙眼，發出歌詠般高亢的聲音。

「盡情發抖吧，愚民們！將狂亂美麗的惡夢，深深地刻入骨髓吧！」

「蛇」所準備的計策——「緋蛟」。

「緋蛟」將如她所言，開始在世界上散布不祥的恐懼。

◇◇◇

百合和席薇亞正在前往「貝里亞斯」據點的途中。

由於蘭的傷勢未癒，於是她們讓莎拉先將蘭送回席薇亞的據點去休息。

現在，其他同伴應該都在「貝里亞斯」的據點裡。

她們正在逐一翻閱「貝里亞斯」所收集到的資料。受到克勞斯的威脅，放棄抵抗的亞梅莉應該有乖乖提供資料才對。「燈火」已做好隨時都能活埋她所有部下的準備，雖然少女們理所當然不想那麼做。

此刻的時間為凌晨五點左右，太陽尚未升起。

百合和席薇亞努力鞭策疲勞困頓的身體，在休羅的街道上奔跑。

「對了——」

百合開口。

「到頭來，殺死達林皇太子的也是『蛇』嗎？」

「嗯？這個嘛，也許吧。」

席薇亞回應。

「關於那方面，至今依然有好多謎團尚未解開。不過無論如何，『蛇』都一樣不可原諒。」

「……天亮之後，整個世界大概都會籠罩在動亂之中吧。」

兩人早已有了世界即將開始轉變的預感。全世界的新聞恐怕有好一陣子，都會一直談論這起暗殺事件吧。殺死芬德聯邦的王族就是會有這樣的結果。

然而，凶手的目的令人費解。

現在又不是中世紀，一般來說即使處於戰爭狀態，也不會去殺死別國的王族，因為這樣只會讓戰爭漫長地持續下去。假如真是加爾迦多帝國幹的，這個事實一旦曝光，全世界都會再次對帝國產生敵意。

「就算目的是製造混亂，這麼做的風險也太高了——」

正當百合喃喃自語時。

兩人的視線捕捉到某樣東西。

——是火災。

火焰從市區一隅竄起。由於此時天還沒亮，因此街上尚未引起騷動，不過那無疑是火災沒錯。

「卡夏多人偶工坊」——「貝里亞斯」的據點起火了。

「不會吧？」

兩人發出悲鳴，加快腳步。其他同伴應該都在據點裡，不曉得她們是否有順利逃生？

她們急忙趕到建築前方時，見到兩人愣愣地呆站在那裡。

是亞梅莉和「蓮華人偶」。

她們一副不可置信地僵在原地，額頭上有像是被東西被毆打過的傷痕。

「妳們…………」

亞梅莉用嘶啞的聲音開口。

「……妳們的同伴們……在裡面…………為什麼……？」

光憑這句話，就有充分的理由衝進去了。

火勢尚未延燒至整棟兩層樓高的工坊。起火點似乎在二樓，一樓目前仍保有原形。

席薇亞和百合屏住呼吸，衝進屋內。

入口旁邊的門是開著的，可以看見裡面的情況。

——葛蕾特的背部大量出血，倒臥在地。

席薇亞見狀頓時啞然，一旁的百合則迅速做出判斷。她揪住席薇亞的衣領，讓她繼續朝工坊深處前進。

因為犧牲者不只有葛蕾特一人。

葛蕾特無疑身受重傷，生死不明。可是亞梅莉說了「同伴們」，因此肯定還有其他傷患。非但如此，敵人說不定也還在建築內。

與其確認有可能已經死去的人的安危，應該以盡快救助其他同伴為優先。百合狠下心來，做出了這個合理的判斷。

繼續沿著走廊往前，她們見到另一名倚靠在牆上的同伴。

——緹雅抱著滿是鮮血的殘破右臂，坐在地上。

「百合、席薇亞……」

緹雅仍有意識。

她一面痛苦喘息，一面拚命擠出聲音。

「拜託，去樓上……！」

百合即刻衝上樓梯。遲了幾秒鐘，席薇亞也跟了上來。面對二樓階梯的大工作室內有聲音傳出。百合二人在熊熊火焰中拔腿狂奔。

惡夢已然展開。

少女們至今不曾經歷過、前所未有的恐懼逼近眼前。

打開門，躍入眼簾的是另一幅慘狀。

——愛爾娜倒臥在熊熊燃燒的工作室內，昏了過去。

在她身旁，額頭流血的安妮特呆站在原地。她一手拿著應該是發明作品的鐵棒，用恍惚的眼神望向前方。

下個瞬間，她的身體被拋向一旁。

——安妮特猛力撞上牆壁，口中吐出大量鮮血。

有可能傷到內臟了。見到安妮特吐出的血量，兩人這麼推測。

火焰之中，有兩名少女並肩而立。

其中一人的兩條手臂上有大片傷痕。是溫德在遺言中提及的人物。她大概就是「翠蝶」吧。

然後在她身旁，剛才用小刀揮砍安妮特的人是——

「果然很有命運感耶。」

「翠蝶」的語氣十分愉悅。

「妳的那個代號一定早就預告會有這種結局了啦。雖然妳現在已經叫做『緋蛟』就是了。」

——站在「翠蝶」旁邊的，是手持小刀的莫妮卡。

百合和席薇亞無法動彈。要理解眼前的景象，必須動用大腦所有的資源。這幅景象就是如此超脫現實。

為什麼莫妮卡會站在「翠蝶」旁邊？為什麼她要用小刀毆打安妮特？攻擊葛蕾特、緹雅、愛爾娜的也是她嗎？

莫妮卡沒有開口。

她就只是緩緩地將玻璃瓶往前一扔。瓶中裝有液體，液體一灑在地板上便立刻起火。

火勢漸長，將百合和席薇亞團團包圍。

在黑煙另一頭，莫妮卡轉身。

「——抱歉。」

儘管隱約聽見細小的呢喃聲，然而那卻也被建築在大火中坍塌的聲音所掩蓋。

「翠蝶」將之形容為命運。
叛徒的名字是「冰刃」莫妮卡——斬斷燈火的情誼，冷酷而銳利的冰之刃。

SPY ROOM

# 後記

the room is a specialized institution of mission impossible
code name hyakki

這雖然不是應該出現在第六集後記的內容，還是請各位讓我說說寫第五集時的事情。

那是發生在第五集已經快要邁入最後階段，也必須開始思考第六集的故事大綱時的事情。當時，我心裡有一個很大的煩惱。

（……讀者會接受「鳳」嗎？）

《間諜教室》的出場角色本來就很多。而小說這個只能傳遞有限資訊的媒體，在描寫時經常得面臨取捨選擇的問題。

因此我很煩惱——該讓「鳳」在第六集有多少戲份。

當然，我個人非常喜歡「鳳」。像是畢業考時的「鳳」、組成團隊後不久的「鳳」等等，我經常會在腦中幻想，每天都想著「真希望能有機會描寫那些故事～」。

可是所謂創作，是創作者與觀眾之間的交流。

無論我再怎麼喜歡，要是讀者感受不到就沒意義了！為了刪減出場角色，我選擇了最安全的做法，也就是將與他們的回憶減到最少，並且和往常一樣以九人＋α的方式呈現。

（可是，我好想讓「鳳」也在第六集出現……！）

於是我就在猶豫不決的心情之中，完成了第五集的校對作業。順帶一提，因為責任編輯告訴我：「トマリ老師很忙，沒辦法請老師幫忙設計『鳳』全員的角色……」，所以雖然是沒辦法的事，我也只能失望地減少「鳳」出場的場面。

可是幾天後，我卻收到意想不到的通知。

編輯：「トマリ老師讀過第五集後，主動說想畫『鳳』！」

我：「真的嗎？」

既然有トマリ老師的插畫，情況就不一樣了。於是受到激勵的我，便放心大膽地讓「鳳」在第六集登場了。這是一則描述「燈火」與「鳳」之間的交流、瓦解及情誼的故事。

トマリ老師，真的非常感謝您。我能夠完成第六集，都是託頭號讀者也就是老師您認同他們的福。我尤其喜歡溫德和法爾瑪的設計。

好了，接著是下集預告。背負叛徒汙名的少女的戰鬥即將展開。第二季是為了她，以及另一名少女所創作的故事。我會努力寫的。

不過在那之前，或許會先出短篇集2也說不定。那麼，大家再見。

竹町

國家圖書館出版品預行編目資料

間諜教室. 6,「百鬼」席薇亞/竹町作；曹茹蘋譯.
-- 初版. -- 臺北市：臺灣角川股份有限公司,
2022.12
面； 公分. -- (Kadokawa fantastic novels)
譯自：スパイ教室. 6,《百鬼》のジビア
ISBN 978-626-352-079-0(平裝)

861.57 111016982

Kadokawa
Fantastic
Novels

# 間諜教室 6
## 「百鬼」席薇亞

（原著名：スパイ教室６《百鬼》のジビア）


２０２２年12月21日　初版第１刷發行

作　　者：竹町
插　　畫：トマリ
譯　　者：曹茹蘋

發 行 人：岩崎剛人
總 編 輯：蔡佩芬
副總編輯：朱哲成
美術設計：莊捷寧
印　　務：李明修（主任）、張加恩（主任）、張凱棋

發 行 所：台灣角川股份有限公司
地　　址：１０４台北市中山區松江路２２３號３樓
電　　話：（02）2515-3000
傳　　真：（02）2515-0033
網　　址：www.kadokawa.com.tw
劃撥帳戶：台灣角川股份有限公司
劃撥帳號：19487412
法律顧問：有澤法律事務所
製　　版：尚騰印刷事業有限公司
ＩＳＢＮ：978-626-352-079-0